BUSINESS CODE
IN THREE KINGDOMS

# 商解三国

## 解密三国中的商业智慧

### 李光斗◎著

ZHEJIANG UNIVERSITY PRESS
浙江大学出版社

李光斗解密三国商业智慧

李光斗与高希希、陈建斌做客北京电视台《名人堂》节目侃三国

目录

第1章 企业战略

# 第4章　管理艺术

# 第5章　继承人

# 第6章　竞争

## 第7章　公关

## 第8章　智囊

# 第11章 用人

# 从庙堂到草根:《三国演义》是中国人的智慧全书

  翻拍历史名著对导演来说既是机会又是挑战,而电视剧翻拍最吸引眼球的因素就是翻案。高希希执导的《三国》就为曹操翻了案,把《三国演义》拍成了曹操正传,引发的各种评论如潮水般涌来。高希希说,新版电视剧《三国》既不是《三国演义》也不是《三国志》,高希希对这一段历史究竟有何新的感悟?

  在北京电视台财经频道的《名人堂》节目中,作者作为点评嘉宾,与高希希就新《三国》的解读作了深入的探讨。现整理成稿,以飨读者。

  **李光斗**:《三国演义》的基调是尊刘贬曹,而你的《三国》却为曹操翻了案,以至于人们说新《三国》变成了曹操正传,曹操成了顶天立地的大英雄,你的初衷是什么?

  **高希希**:一直以来,曹操在人们心目中是不受欢迎的。作为

历史剧，我想拍出新意，站在客观的角度比较公正地去还原曹操，他不像人们之前说的那么坏，也不像许多为他平反的人说的那么好。

李光斗：其实，人们对曹操的评价，在一定程度上受当时社会环境的影响。我总结了一个"曹操指数"，这个指数代表社会道德与人心评判标准：对曹操评价较高，也就是"曹操指数"较高的年代，往往人心浮躁、信义缺失、急功近利，人们只问目的，不计手段。

高希希：这倒是一个新鲜的观点。从中国人传统的价值观来看，曹操是白脸奸臣，不是个好人，但从个人能力看，曹操还是很有雄才大略的，他先是刺杀董卓，然后逐鹿中原，是一个历史上的成功者。

李光斗：曹操是一个硬性掠夺的成功者，他硬是因为他朝中有人，不，朝中都是他的人。他挟天子以令诸侯，干的是皇上的活，却并没有篡位当皇帝，这一点易中天对曹操也有很高的评价，但他并不看好新《三国》能拍出新意来。

高希希：后来我跟易中天聊过，他说拍三国谁都拍不好，因为既不能全照着《三国演义》拍，也不能全按《三国志》拍。而这正是我们所追求的，新《三国》既不是《三国演义》也不是《三国志》。

李光斗：这很像一个商业策划，易中天和高希希隔空叫板，一下子引起了大家的关注，新《三国》的收视率就上去了。我估计这一招你是跟诸葛亮学的，诸葛亮出山也是一个完美的策划。

**高希希**：我可没诸葛亮那么聪明。人们关注新《三国》的根源还在于人们对三国的关注，要归根于中国人的三国情结。《三国演义》是中国人的智慧全书，三国的历史虽然短暂，但因为有了《三国演义》的口口相传，三国相争的政治权谋和军事斗争这样的大智慧在中国一下子成了从庙堂到草根的常识。

**李光斗**：不仅中国人，美国前总统老布什也很喜欢读《三国演义》。在赤壁之战中，孙刘联军大败曹军，关键时刻刘备听从诸葛亮的妙计，明知关羽会义释曹操，却偏让关羽去守华容道，因为只有放走曹操才能形成三足鼎立之势，有时候放走一个对手比灭掉一个对手更需要智慧。如果赤壁之战中曹操被杀，孙权一定会调转枪口把刘备灭掉。

老布什对捉放曹大加赞赏，他在海湾战争中就导演了一场中东版的捉放曹。1991年第一次海湾战争中，美国完全有能力迅速占领伊拉克全境，活捉萨达姆，但当多国部队打到科伊边境的时候，老布什下令停止进攻，鸣金收兵，放萨达姆一马。这让多国部队总司令施瓦茨科普夫百思不得其解。多年以后人们才明白了老布什的良苦用心，因为正是萨达姆的存在给了美国长期驻兵海湾地区的理由。

**高希希**：三国时代，多少英雄，多少智谋，多少传颂至今的战役，其中蕴含着无穷无尽的智慧，这也是《三国演义》之所以为经典的原因。

**李光斗**：一部三国史，多少英雄智。《三国演义》是中国人

的智慧全书,它不仅蕴含了精彩的战争智慧,也蕴藏了丰富的商业智慧,它同样是一部商业全书。

魏蜀吴抢粮、抢人、抢地盘,打的是战争,而现代商家讲究的是赚钱、赚名、赚市场,打的是没有硝烟的战争。从现代的商业角度看,曹操挟天子以令诸侯,做的是垄断生意。刘备是典型的个人创业者,他义结关张,经营的是股份制的民营企业。他善于经营品牌,用的是差异化的竞争策略——凡是曹操反对的他就拥护,凡是曹操拥护的他就反对。刘备还善于制造明星,诸葛亮智绝,关羽义绝,二者成为"仁德、忠勇、侠义"的刘氏企业文化的最佳代言人。而东吴则是典型的家族企业,孙权虽是富二代,但甚为好学,还善于带领群臣学习,构建学习型组织。在他的调教下,学识浅薄的吴下阿蒙都能发奋读书,令人刮目相看,终成栋梁之才。

三个不同类型的企业都在当时获得了成功,它们的发展历程都蕴藏着许多待解的商业密码。

**高希希**:三国历史越读越耐人寻味,常言道"少不读水浒,老不读三国",看来这句话应该改掉了,三国中的大智慧值得每个人去仔细探究。

第一章
企业战略

　　三国时期，魏、蜀、吴三分天下。从现代商业的视角解读，魏、蜀、吴就像是三家不同类型的公司：曹氏企业是典型的垄断性国有企业，做的"是只此一家，别无分店"的垄断生意；刘蜀是率先实行股份制的民营企业；孙吴是典型的家族企业。

　　虽性质不同，但三家企业在当时都取得了骄人的业绩，它们是如何取得成功的？各自的优势是什么？核心竞争力表现在哪些方面？有哪些精彩的商战故事？

　　为什么曹操实力强大，却没有品牌美誉度，被称做奸臣；为什么刘备虽曾东奔西走，颠沛流离，却能留下仁义忠厚的美名；为什么孙吴是家族企业，传承的代际却最久？这其中的奥妙都

值得我们用心解读。

## 曹氏企业形成的过程

　　曹氏企业在三国时期势力最为庞大,创始人曹操出生于宦官之家,其父是太监的养子。虽然出身不能选择,但道路可以选择。曹操志向远大,审时度势,结交豪强,刺杀董卓未遂逃出洛阳后,很快在陈留开办了公司,自立门户招兵买马。

　　曹操迈出的最关键一步是在公元196年,他给自己带上了一顶红帽子,把汉献帝劫持到了许昌。他"挟天子以令诸侯,奉

天子以令不臣",垄断资源,号令天下,巧取豪夺,扩大市场,建立了当时最大的垄断性企业。

　　有了杀人许可证之后,曹操就只管杀不管埋,大大降低了企业的运营成本,同时拥有了说一不二的决策权。诸侯上书要先奏曹操,再奏天子。曹操名为丞相,实为天皇。有了国企这个

金字招牌之后,曹操的地盘不断扩大,开始做垄断生意,曹操成了大汉天子的代理人,各地诸侯都得听他的。

曹氏企业有点像世界上最大的移动通信运营商——中国移动。海尔老总张瑞敏提到中国移动时羡慕不已,因为"客户的数量决定企业生存的质量",中国移动客户数量巨大,而且客户群的消费能力很稳定。不管你到了哪里,国内还是国外,你都得缴费,否则手机就停机了,这叫跑得了和尚跑不了庙。即便你跑到了天涯海角,照样在它的营运范围之内,你手机上的"中国移动欢迎您"即是证明。曹氏企业又像中石化,"美丽的祖国我的家,走到哪里随便挖",原油涨价,它比谁都涨得快;别人降价,它却磨磨蹭蹭不肯降,里外都赚钱,不进世界500强前十位才怪呢!所以曹操将企业做大在于他有垄断的政策,当然这政策也是他争取来的。

世人都爱做独门生意,"只此一家,别无分店"。曹氏企业掌握了核心资源,而且还是独占,让孙权、刘备之流羡慕得直流口水,恨得牙痒痒。

## 曹氏企业的烦心事——所有权问题

当孙权、刘备对曹操羡慕不已的时候,曹操或许正在心里默默地念叨:"兄弟们,你们别看哥表面很风光,其实哥背地里很受伤。"为什么呢?因为曹操虽"挟天子以令诸侯",但没有解决其企业的所有权问题。他虽然是当权派,但名义上不过是大汉天子脚下的高级打工仔,干的是皇帝的活,拿的是丞相的工资。尽管他位高权重,可以随意发布圣旨,可以随便给人封官晋爵,但终究还是个汉相,不是汉帝。真是成因天子,无奈也因天子。这就是曹操头疼的原因。而且,随着曹氏企业的势力越来越大,曹操的头也疼得越来越厉害。其实他不是头疼是心疼——创造了这么多的财富却没有分享机制,只能看着日渐增长的财富发愁,既不能分享财富,也不知道自己什么时候会被免职。

曹操也的确差一点被免掉。199年(建安四年),汉献帝不堪曹操专权,把血书藏在衣带里,赐给国舅董承和工部侍郎王子服、西凉太守马腾、左将军刘备,密谋用武力罢免曹操。结果被曹操安插在宫中的间谍告发,曹操大开杀戒,才得以继续挟天子以令诸侯。


## 曹氏企业的市场开拓策略:抢人抢粮抢地盘


三国中,势力最大、实力最强的就是垄断性国企曹氏企业。它凭着资源垄断的优势,一国独大,曹氏企业的地盘比刘氏企业和孙氏企业的加起来还大。

作为行业老大的曹氏企业,既是规则的制定者,又是规则的执行者;既是运动员,又是裁判。因此,它总是一副老子天下第一的强势做派。

　　曹氏企业的垄断优势，决定了其强硬的市场开拓风格，它采取的是"抢人、抢粮、抢地盘"的强势竞争策略。只讲硬道理，硬起来比谁都硬。为什么曹操这么硬，因为朝里有人？不，朝廷里都是他的人。市场占有率低，曹操就采取强买强卖的并购策略，霸王硬上弓，不管你同不同意，先拿下再说，从198年开始，曹操先后吞并了徐州、冀州、青州和并州，并于207年8月统一了长江以北的大部分地区。想想也是，就一个劫道的彪形大汉而言，他的劫道理念就是：此路是我开，此树是我栽，要想从此过，留下买路财，要是半个不答应，老子管杀不管埋。实力硬，话说出来自然硬。

　　曹氏企业硬得有道理。它在开拓市场的时候，往往是千军万马直杀过来，铁骑踏过，血流成河，这地盘就成它的了。因此，曹氏企业靠着强大的势力迅速扩张版图，快速并购了多家企业，占据了绝对的市场份额和行业的领导地位。

## 曹氏企业硬的结果——高知名度，低美誉度

　　打下市场不是最终目的，最终目的是能稳守市场。曹氏企业在守市场方面乏善可陈，它虽有很高的市场占有率和知名度，美誉度却很低。其根源就在于曹氏企业在并购的过程中只注重并购对方的土地、资源、人马等硬资产，人心等软资产却没并过来。可以想见，一个靠大棒让人屈服的人，怎能指望别人对他感恩戴德？只要一有竞争对手出现，其地盘就会全部沦陷。就像现在的市场中，虽然山寨产品泛滥，但当高质量的原版产品

出现，它们就会被消费者抛弃。

## 硬性并购的结果——双方的不兼容

硬性开发和并购的结果大多是双方不兼容，睡在同一张床，做着不同的梦，甚至有可能在跟你佯装亲热的时候，背后捅你一刀。所以，曹氏企业的硬性市场开发和并购策略，虽然快速、直接，却只能得到别人的人，得不到别人的心，如果有机会，对方卷土重来亦未可知。

其实，曹氏企业的过度强硬也使其常常陷入兼并容易整合难的困境。215年，曹操打败张鲁，平定了汉中，正商议要取西川，结果后院起火，曹操不得不匆忙回师救援，只留下夏侯渊、张郃守汉中。刘备军团趁火打劫，夺走了汉中。

曹操抢了不少地盘，但一有风吹草动，别人就反叛。197年，曹操用计兼并西凉,韩遂、马腾归降曹操,但210年他们就又扯旗造反。

## 延伸解读

## 夭折的上汽双龙联姻

2004年,上汽集团以5亿美元正式收购韩国双龙汽车48.92%的股权。当时在业内,上汽和双龙的联姻被认为是一个"双赢交易"。但事实证明,两者的联姻并不像人们所预期的那样顺风顺水。

联姻之后,上汽才发现双龙的技术研发成本过高,而且双方在企业文化等方面存在较大差异。在签约之前,双龙工会举行了总罢工,分歧和隔阂使并购后双方的合作与经营无法顺利展开。

2009年2月,韩国法院宣布双龙破产,双龙资产大幅缩水。而作为控股股东,上汽集团持有的双龙汽车股份也被稀释至10.12%,资产减值损失约30.76亿元。

这说明,并购成功与否最终取决于两个企业能否完全融合。由于每个企业都有自己独特的文化和风格,因此,当两个企业合并时,不可避免地会出现文化和管理风格的冲突。跨国并购尤其如此,双方来自不同的国家,政治、经济背景不同,社会制度和经济发展程度不同,文化差异造成的冲突更加激烈。这

也是大多数进行并购活动的企业会面临的难题。

因此,在企业并购重组过程中,双方在文化、人力资源方面的整合、融合是必不可少的。

曹魏虽然硬的有资本,但却硬的不应该。企业若要持久经营,不仅要有高的市场占有率和知名度,更要有高的品牌美誉度和忠诚度。

## 延伸解读

### 曹操落葬安阳解密

曹操虽贵为丞相,但大部分时间在外东征西讨,一生树敌甚多,他最怕的就是死后被别人掘坟鞭尸,所以弄了72座遗冢。狡兔三窟,曹操的窟是狡兔的24倍,比狡兔狡猾多了。

但他的墓还是被聪明的当代人给挖出来了——他的墓在河南安阳,占地只有七百多平方米,也就一亩多一点。

人们觉得奇怪的是曹魏的都城在许昌,为什么曹操的墓却在安阳,而且如此简陋。答案是:曹操大兴土木,弄得土地稀缺,房地产商趁机涨价,地价、房价居高不下,曹家在许昌也买不起墓地,只好在当时的二线城市安阳草草安葬他,看来高房价真是害死人。

## 草根刘备的插位：先做品牌，再打市场

　　刘备是一介草根，而且是编草鞋的，可谓是草到了脚底板。因此，刘备的民营企业与曹魏相比显然没有什么竞争力，而且面临着随时被曹魏吞并的风险。刘备显然不会束手就擒，他最善于攀龙附凤，通过寻根问祖查到了自己是中山靖王之后，弄了个贵族头衔，变成了刘皇叔，也就是皇上他叔叔。

　　有了"刘皇叔"这个金字招牌后，刘备就开始整合资源，他

用的第一招便是建立现代企业制度,用股份制吸引优秀人才加盟。

桃园三结义是刘氏股份制公司成立大会,刘备的第一次融资就吸引了当地的中小企业家张飞和关羽入股。张飞是涿县的屠宰大户,张飞牌牛肉已卖了1800多年,直到现在还畅销海内外,堪称世界上最古老的品牌之一。此后又引进了新的股东诸葛亮、赵云、马超和黄忠等,组建了一支超稳定的股份制团队。

刘备是品牌运作的高手,用的是插位战略:曹操向左转他就向右转;凡是曹操反对的他都拥护,凡是曹操拥护的他都反对;曹操用拳头示强,他就用眼泪示弱;曹操先抢地盘,他先做

品牌。刘备说："操以急,吾以宽;操以暴,吾以仁;曹以谲,吾以忠,每与曹相反,事乃可成。"(曹操褊狭,我就宽容;曹操残暴,我就仁慈;曹操狡诈,我就忠厚,只要和曹操反着来,事情就成功了。)在市场方面干不过曹操,但曹操的品牌不行,刘备就先做品牌。以品牌驱动市场,刘备走出了一条与曹操截然不同的道路。

在经济不景气的状况下,企业是捂紧钱包渡过难关以求"家里有粮,心里不慌",还是逆势而为,大手笔地投入?这是一个艰难的抉择。我国的某运动品牌选择了后者。在金融危机的大环境下,该品牌转变战略,逆势出手,在别人都畏首畏尾的时候大举投入,从而迅速提升了品牌知名度和影响力。通过与FIBA(国际篮球联合会)和NBA(美国职业篮球联赛)的合作,

该品牌已经垄断了国际最知名的两大篮球赛事资源。

借助NBA的全球影响力，该品牌获得了全球性的知名度，也拓展了国外市场。如在黎巴嫩的市场占有率已经挤进了前三，在亚洲、欧洲、大洋洲和美洲的十几个主要国家的市场占有率也在快速提升。

该品牌走出了与众多体育品牌不同的道路。大多数体育品牌是先做市场再做品牌，而该品牌是先做品牌再做市场。

## 刘备如何建立起自己的品牌？

草根刘备是一个夹缝中求生存的高手。"皇叔"本身是个很高贵的头衔，而刘备这位皇叔却"往事不堪回首"。刘备当大老板之前一直过着颠沛流离的生活，长年寄人篱下，前后给7家大企业主打过工。他先依附刘焉，后改投老同学公孙瓒，还和吕布谈过"合作"，曹操把吕布的企业并购后刘备又在其分公司干苦力，干了几个月感觉没发展前途就又投靠袁绍。后来袁绍也被曹操兼并了，他无奈又跑到本家兄弟刘表那里寻求发展。最后终于把老上司刘焉儿子刘璋的企业给兼并了。

品牌高手刘备是如何建立自己的个人品牌的呢？他进行了一番深入的分析。

首先，刘备分析了竞品，主要是曹操。曹操名为汉相，实为汉贼，是个抢大汉东西的主，如果倚仗着自己是大汉家族成员的身份跟曹操叫板，在底气上就压过曹操，而且可以把自己置于正义的位置，把曹操置于贼的位置。

再者，刘备分析了整体市场环境。整个市场的状况是：人们都认为曹操不义，是个假冒伪劣产品，如果我以正宗产品的形象出现，人们必然都会喜欢我。

于是，刘备明确了自己的定位——以汉室宗亲的身份出现，说自己是中山靖王之后，也就是皇上他叔。自己的出现是为了匡扶正义，是来讨贼的。多么名正言顺啊！而且，自己的理念是把别人抢我们家的东西拿回来给家长，不是为一己之私，等把我们家的东西要回来交还家长后，就回家编草鞋、种地去。因此，那帮明事理、有正义感的人都会跟随自己。

刘备打造了"正统、忠义、仁德"的品牌形象，确立了"匡扶汉室、杀贼取义"的品牌理念，这颇似宋江的"替天行道"。

由此，刘备成功插位，独占了"皇叔"这一市场概念。在市场中，消费者只认第一，就像在体育比赛中，我们都能记住冠军是谁，但很少有人能记住亚军是谁。谁第一个喊出响亮的口号，谁就会在消费者心中成为这一品类的代名词。比如海飞丝首先喊出去屑的口号，即使现在清扬投入大量资金也宣传去屑，还是无法超越海飞丝。这就是"第一声"的力量。

## 刘备如何快速扩大自己的影响力？

刘备遇到了一个问题，那就是如何让自己快速地被大众所熟知，迅速扩大自己的品牌知名度。刘备显然是事件营销的高手——有事件，利用事件；没事件，自己创造事件。刘备为自己创造了一个事件营销的机会。

为了使"刘皇叔"这个名号得到皇家的认证，刘备开始和有皇家认证权的国企老板曹操搞合作。他去投靠曹操的时候跟他说自己是皇上的叔叔，曹操就做顺水人情把刘备引荐给了皇上。俗话说"富在深山有远亲，穷在闹市无人问"，汉献帝正被曹操欺负得苦不堪言，一看有人说是自己的叔叔，也不去考证这个叔叔是不是山寨版的，当即就认下了。

刘备的皇叔地位和名号得到了权威认证，巩固了自己的市场地位，这是曹操此生犯下的最大错误之一，帮自己的竞争对手拿到了争夺天下的通行证。因为曹操曾对刘备说过："天下英雄，唯使君与操尔。"

在高希希执导的电视连续剧《三国》热播的时候，南阳就趁势做了一个事件营销，提升了南阳卧龙岗的知名度。

新《三国》第32集有一场戏，徐庶向刘备举荐诸葛亮时说："襄阳城外三十里，有一片山野名叫隆中，住着一位当代奇才……此人姓诸葛，字孔明，因为住于卧龙岗上，所以又号卧龙先生。"但在《三国演义》中，徐庶向刘备推荐诸葛亮时说："此人乃琅琊阳都人，复姓诸葛，名亮，字孔明，乃汉司隶校尉诸葛丰之后。其

父名珪,字子贡,为泰山郡丞,早卒;亮从其叔玄。玄与荆州刘景升有旧,因往依之,遂家于襄阳。后玄卒,亮与弟诸葛均躬耕于南阳。尝好为《梁父吟》。所居之地有一岗,名卧龙岗,因自号为卧龙先生。此人乃绝代奇才,使君急宜枉驾见之。若此人肯相辅佐,何愁天下不定乎!"《三国演义》中还写了刘备的反应:"引众将回至新野,便具厚币,同关、张前去南阳请孔明。"书中有后人赞徐庶走马荐诸葛所写的一首诗:"痛恨高贤不再逢,临岐泣别两情浓。片言却似春雷震,能使南阳起卧龙。"

新《三国》把诸葛亮从南阳拉到了襄阳,南阳人自然不干了。电视剧播出后,不断有网友和当地学生到南阳卧龙岗武侯祠前聚会,还在卧龙岗山门前的"千古人龙"牌坊下拉起条幅,30名小学生齐声诵读《前出师表》,游人与市民签名声援。活动的最后,几名网友还抬出一台电视机当场砸毁,以示对新《三国》的抗议。也有网民发帖,要求高希希回家学历史,还要求他和编剧朱苏来南阳卧龙岗为历史谢罪。这些举动,成为网络上的热门话题,南阳也在热闹的讨论中为更多人所熟知。

## 刘备:整合资源的高手,搞股份制

品牌有了基础,但刘备是光杆司令一个。没有资源怎么打仗?总不能在打仗时说:"我脱下草鞋砸死你!"没有资源并不怕,因为刘备很会整合资源。

　　有这样一个故事：一个老爹对儿子说，我想给你找个媳妇。儿子说，可我愿意自己找！老爹说，这个女孩子是比尔·盖茨的女儿！儿子说，要是这样，可以。然后他爹找到比尔·盖茨，说我给你女儿找了一个老公。比尔·盖茨说，我女儿还愁嫁么，干嘛要你帮着找老公！老爹说，可是这个小伙子是世界银行的副总裁！比尔·盖茨说，啊，这样，行！最后，老爹找到了世界银行的总裁，他说，我给你推荐一个副总裁。总裁说，可是我有很多副总裁了。老爹说，可是这个小伙子是比尔·盖茨的女婿！总裁说，这样呀，那就多任命一个副总裁吧。

　　刘备也是如此，打着"匡扶汉室、我是皇叔"的旗号，就把关羽、张飞两员当世枭雄给整合了过来。当然，为让他们两人相信自己的利益有保证，咱结拜，打下天下，是咱哥仨的。至此，刘备把自己的企业打造成了民营股份制企业。从桃园三结义到拉诸葛亮入伙，再到分封五虎上将，刘备以多交朋友的方法稀释股权，同时也注意保证自己的绝对控股权。

## 刘备的市场开拓策略

　　建立了品牌、拉来了人马，刘备开始琢磨开拓市场了。经过不懈努力，刘备还真的从一个草根型的民营企业家变成了三大势力集团头目之一。其发展经历可谓神奇，也值得现在的企业借鉴，刘蜀可以说是中小企业快速成长的杰出代表。

首先,刘备进行市场插位——开辟新市场,取荆州入西川。

曹操在北方地区占据绝对优势,如果刘备要和曹操直接竞争,无疑是以卵击石。因此,他采用了"新市场战略",不在曹操的一亩三分地对着干,打得过就打,打不过就跑,急流勇退,见好就收。他另辟市场,等在新市场站住了脚,增强了实力,再回来跟曹操干。因此,刘备选择了荆州和西川。

再者,背靠大树好乘凉——刘备连吴抗曹。

刘备弱小,随时都可能被曹操和孙权灭掉,但他找到了和孙权的利益共同点:一起对付曹操。诸葛亮帮刘备选择了吴国这个大树,以使自己不被曹操灭掉。赤壁之战中,诸葛亮故意用计放曹操一条生路,因为只有放走曹操才能形成三足鼎立之势。放走一个对手比灭掉一个对手更需要智慧,如果赤壁之战中曹操被杀,孙权一定会调转枪口把刘备灭掉。诸葛亮,真乃无间道高手啊!

这也就是诸葛亮为什么派关羽守华容道的原因,明知道关羽会放曹操,但就是派他去,就是让他把曹操放了。

## 延伸解读

### 中东版的"捉放曹"

诸葛亮的这一招被美国前总统老布什学去了,上演了一出中东版的"华容道"。在第一次海湾战争中,美国完全有能力立即推翻萨达姆政权。多国部队的地面攻势展开仅三天，就重创了伊军主力，解放了科威特。美军的将领都摩拳擦掌，准备驾长车踏破贺兰山缺，直捣黄龙，生擒萨达姆，建功立业。不曾想，老布什一道鸣金收兵的令牌阻住了美国军队前进的战车。当时，美国大兵尚有余勇可沽，大有一战直取巴格达之势。无奈军令如山，只得怏怏而归。海湾战争中功勋卓著的多国部队总司令施瓦茨科普夫上将战后不久即解甲归田。据传言，其去职的真正原因是他对老布什巴格达城下收兵的决定颇有微词。

老布什与萨达姆

当时许多人都想不明白老布什这么做的原因。多年之后，人们才逐渐明白，这是为了美国巨大的商业利益和国家利益，故意放萨达姆一条生路。

石油是美国的血液，美国人一时一刻也离不开它。而海湾地区的石油，占全球总产量的一半以上，它对世界经济，尤其是以美国为代表的西方国家的经济，有着至关重要的影响。

20世纪60年代以前，海湾地区的石油资源长期操控在以美国石油公司为代表的西方石油垄断财团手中。为摆脱国际石油垄断财团的控制和剥削，海湾七国联合亚非拉主要石油生产国，于1960年9月14日宣布成立石油输出国组织（简称"欧佩克"），夺回了制定油价的权力。特别是在1973年10月，第四次中东战争爆发后，阿拉伯产油国掀起了震撼世界的石油斗争。它们采取减产、禁运、提价和国有化等措施，沉重打击了西方发达国家和以色列的经济，使美国陷入了严重的石油危机，迫使美国不得不在一定程度上调整了中东政策。

伊拉克入侵科威特，使美军得以名正言顺地进驻海湾地区。战争结束后，老布什故意放伊拉克一马，是为使美国在海湾地区永远保有一个对立面，使其在海湾地区长期的军事存在有充分的理由。同时在海湾地区事务中，可以随时有发言权，钳制海湾地区的其他国家，将海湾地区的石油变成自己可以控制的资源。另一方面，借中东错综复杂的政治、军事形势，展示其先进武器的威力，为美国大军火商大肆推销产品做了很好的广告。海湾战争后，美国的军火贸易额直线上升。海湾战争使美国既扬了名,又赚了钱。

据说老布什在担任美国驻华大使期间曾仔细研读过《三国演义》,对赤壁之战中诸葛亮捉放曹操大为赞赏。

在与对手的竞争中,刘备很善于采用后发制人的策略。

人们常说:先下手为强,后下手遭殃。但《荀子·议兵》告诉我们:"后之发,先之至,此用兵之要术也。"意思就是让对方先动手,再抓住有利时机反击,制服对方。

在《三国演义》中,后发制人的策略大多颇有功效。赤壁之战中,刘备就将这招运用得出神入化,他与孙权联手,将主动出击的数十万曹军葬身火海,使曹操一蹶不振,从此再无力向江东扩展。

**延伸解读**

## 小布什先发制人,越反越恐惹众怒

小布什本为美国一牛仔,上台伊始即以强硬立命,9·11事件之后,他更是将先发制人作为美国的国家安全战略。结果越反恐越不得安宁。

## 奥巴马：不先发制人是为了更制人

　　由于小布什的先发制人战略并未赢得反恐战争的胜利，反而深陷"一场危机、两场战争"之中。奥巴马改变策略，注重"软实力"的运用，转而强调全球合作，发展更广泛的安全伙伴关系，宣扬美国将尽可能穷尽其他选择才诉诸战争，重塑美国国家形象。

## 刘备的软性并购策略

　　三国时期的并购大致可分为两类。一类是软性并购，即通过柔化、渐进的方式取得对另一方的控制权，这种方式的缺点是过程相对漫长，其优点是会很平稳地控制另一方，并且能稳固地发展，融合性更好。另一类是硬性并购，即通过直接、强硬的方式迅速控制另一方，其优点是迅速，其缺点是控制力不稳，由于事前没有做好双方的融合工作，很可能导致并购成了包袱，影响主体的利益，甚至导致主体的灭亡。

显然，曹操是硬性并购的代表，刘备则是软性并购的代表。而刘备的软性并购似乎要比曹操的硬性并购成功。

进入21世纪以来，中国企业的并购活动日益频繁，过去5年内中国企业并购交易额的平均增速达70%，中国已成为亚太地区并购交易最活跃的国家之一。TCL与阿尔卡特合资、吉利并购沃尔沃、明基收购西门子手机……许多人甚至难以想象著名的外国企业，居然在一夜之间成了中国公司的一部分。这确实让人欢欣鼓舞。但当波澜壮阔的并购行为完成时，资本方和管理层真的看到了预计中并购为公司带来的规模效应、管理协同、成本降低和良好的财务效果吗？TCL与阿尔卡特成立合资公司8个月后，TCL手机的毛利率已经下降至5%，合资公司亏损3577万欧元，最后导致双方不欢而散。

并购是一把双刃剑，既可以使企业快速低廉地获得资源，产生经营和财务上的协同效应和规模经济，成为企业实力的扩张过程，也可以导致企业的经营风险和财务风险大幅提高，成为企业成本和负债的扩张过程。

如何成功地运用这把双刃剑？刘备的软性并购策略值得

学习。

　　不管是取荆州还是取西川，刘备运用的都是软性并购，这一方面跟其实力有关。他一个编草鞋的，只有几千军马，而且生就一副浅眼窝，眼泪说掉就掉，当时想硬也硬不起来啊！但更多的是其战略运用的成功。如刘表知道自己不久于人世，欲将荆州交于刘备，对刘备说自己已病入膏肓，不久便死，其子无才，恐不能承父业，他死之后，刘备可自领荆州，但他坚辞不要。西川刘璋的下属要求刘备自取西川为王时，刘备也断然拒绝，说自己与刘璋是同族兄弟，不忍相图。这其实是刘备很好的广告，搞得许多人天天盼着刘备来接手，市场自然是刘备的。

　　软性并购让刘备受到了被并购方主帅及民众的欢迎，可谓是做足了功课，取下这两个地方自然是水到渠成，而且还得到了被兼并方的拥戴。软性并购，不仅并购了对方的硬资产，同样也并购了对方的软资产，属于全盘并购，并购的结果当然会是你情我愿，百年好合。

## 孙氏家族企业，成员都是亲戚

　　孙氏企业的发展轨迹和它的家族背景有很大的关联。吴国的家族背景其实很简单，就是典型的黑社会。孙坚和他老爸当初就是因为和当地的黑社会团伙火拼，才挖到了第一桶金，后来不断地招募小弟，最终成了片区的老大。不过孙坚毕竟是大老粗一个，只懂得砸钱抢地盘，没学过什么经营管理，所以企业始终没做大，自己死后企业反倒被别人兼并了。孙策后来又拉了一批当初跟着老爸打天下的叔叔、大爷们重新起家，还在企业内部导入了先进的经营理念，并引进了一批"空降兵"，可也经营得不温不火，毕竟他从小就跟着老爸厮杀，沾染上了浓重的黑社会风气。

　　孙氏集团是个典型的家族企业，内部成员都沾亲带故，周瑜和孙策是结拜的把兄弟，后来分别娶了绝代美女小乔和大乔，变成了一担挑。周瑜和鲁肃也是兄弟，鲁肃又和吕蒙拜了把子，而陆逊的妻子又是孙策的女儿，总之大家都变成了亲戚。孙权自己都说："内结骨肉之恩，外托君臣之义。"以至到现在还流传着这样一句话：想在家族企业里混，男的就要变成家奴，女的要变成家眷。

想当年蒋介石用的也是这套路，军阀混战的时候，他施行"打得赢就打，打不赢就和他拜把做兄弟"的策略，到了后来连自己都记不清楚有多少拜把子兄弟了。

不过好在蒋介石只不过是和男同胞拜把做兄弟，不像有的企业家，赚了点钱，就把女员工的宿舍钥匙挂在自己腰上，试图把她们都变成家属，那可就惹大麻烦了。

## 孙氏家族企业的优势

这种企业也有它的好处，我们常说"打虎亲兄弟，上阵父子兵"，孙氏企业前期都是孙坚和孙策一起跑市场，管理成本很低，反正都是自己人，资金不用找银行贷款，几家一凑就行了，作出决策也很快，不需要召开什么董事会，儿子向老爸口头上请示几句就能定下来，所以公司的运作效率很高。因此，东吴虽然是白手起家，却能在激烈的竞争中很快脱颖而出。但随着企业的发展，亲情管理和伦理管理的弊端就开始作怪了，所以一直到孙策在位时，孙氏企业依然只是江东的一家中小企业。

## 孙氏家族企业的毛病

孙氏企业是个典型的家族式企业，孙策和周瑜是连襟，他们的老婆分别是大乔和小乔，所以诸葛亮说曹操建铜雀台锁二乔时，兄弟俩都急了；孙权统治时期，身为大都督的陆逊又成了孙策的上门女婿。在家族企业里，若要进入权力核心，要么得和老板拉上关系，要么得和老板的老婆扯上关系，至少也要沾上个七大姑或八大姨，否则只能当一辈子的小弟。

在这样的企业里，制度管理是很难推行开来的。

**延伸解读**

## 富二代接班人如何服众？

与曹操、刘备辛苦打江山相比，孙权是个幸运的富二代，他的江山是从父亲孙坚、哥哥孙策那里继承过来的。但孙权是个有出息的富二代，他不仅是个守业者，还是个成功的企业家，他把父兄留下的基业做得更大更好，在这点上刘禅真要好好跟他学习。

作为富二代接班人，管理起来更不容易，最大的问题就是如何服众，想想看，你身边都是一群年龄跟你爹一样的人，能轻易服你这个毛头小子吗？说不定哪天就把你赶下台了。但孙权很聪明，他以退为进，找来周瑜说："哥们，我哥临死的时候说把吴国交给我，但我觉得自己干不了，太年轻，人家不服我。但人家都服你，所以，我把兵符交给你，你当吴国的老大吧！"吓死周瑜他也不敢接兵符啊，就此孙权在吴侯的位置上坐安稳了。

# 孙权打造的学习型组织

孙权倡导全员学习，打造了一个学习型组织，使得孙氏企业继续壮大。孙权自己爱学习，爱看书，从小就开始学习管理学和市场营销学，没准还上过"长江商学院"。老板以身作则，下面的员工自然效仿。而且，孙权喜欢给员工送书，对武将也是如此。别人都送武将绝世兵器、旷世好马，而孙权却给武将送书。孙权的学习型组织也造就了一批智勇双全的猛将，一些街头小混混在孙权的调教下都走上了大将之位。

都说富不过三代，但孙吴的代际传承却达五代。这与孙权所打造的学习型组织密不可分。

杰克·韦尔奇曾说："一个企业的学习能力以及把知识迅速转化为行动的能力，就是最终的竞争优势。"21世纪最成功的企业是学习型企业。因为现代企业的竞争归根结底是人才的竞争。人才的竞争实际就是人的学习能力的竞争，也就是看谁比谁学得更多，谁比谁学得更快，谁比谁学得更有效。谁的学习能力更强，谁就能在竞争日益激烈的市场中占据主动地位。因此，企业必须把自己打造成"学习型组织"，才能增强竞争力。

# 孙氏企业的市场策略——渠道下沉

作为一个家族企业,孙氏企业的市场开拓颇具特色,那就是渠道下沉,做区域之王,区域内的每一个市场都是它的。孙氏企业虽然在其他区域没有分公司,但在它的一亩三分地里,谁也弄不倒它。谁敢侵犯它的地盘,它肯定跟谁死磕。比如刘备借了荆州,其实当时刘备对他们根本没什么威胁,但孙氏企业容不下自己的地盘有任何竞争者,就发疯似地要把他赶出去。

这跟现在的宝洁差不多,都是渠道下沉,宝洁的产品已经下沉到了中国的5万个乡镇,市场根基相当稳固。

当然,孙氏企业在坚守自己地盘方面也曾失策。赤壁之战后,周瑜要除掉刘备,便使用美人计,用孙权的妹妹孙尚香当诱饵,表面和刘备联姻,实际妄图囚禁刘备索取荆州,当时刘备已49岁,而孙小妹只有19岁,是典型的老夫少妻。

　　两人年龄虽相差30岁，但是周公瑾怎么也没想到，年龄并不是问题，孙小妹一下就看上了气度非凡的刘皇叔，可谓是"美人鱼看上老渔夫"。210年，孙氏企业小公主孙尚香和刘备成功私奔，为历史写上了一笔"周郎妙计安天下，赔了夫人又折兵"。刘备捡了个大便宜。

　　孙吴的家族企业特性，也让其有些不思进取。相较曹魏、刘蜀，它并没有大举扩张地盘，没想着去兼并谁，到了最后，反而是自己"被兼并"，自己把自己给卖了。

　　三个国家，三种类型的企业，谁都没有笑到最后。大抵是因为都没有弥补好自己的不足。企业经营有一个短板原理，桶里盛水多少不取决于最长的那块板，而取决于最短的那块板。因此，对企业来说，要找到自己的优势，更要弥补自己的不足。

第二章
企业文化

　　魏、蜀、吴这三家公司各自有什么不同的企业文化？不可一世的曹魏，为什么在曹丕死后，实际控制权很快就落入司马家族之手？诸葛亮多智而近妖，为什么不取代刘禅自立？阿斗扶不起来，为什么诸葛亮还要扶，还要鞠躬尽瘁死而后已？刘备开创了什么样的企业文化？孙氏家族为什么传承得最久？从小不爱读书的吴下阿蒙凭什么把喜欢夜读《春秋》、通晓大义的关羽打得一败涂地？孙氏集团为什么有这么强的竞争力？本章将一一解读。
　　什么是企业文化？中国人认为企业文化就是老板的文化，有什么样的老板就有什么样的企业，所谓"上梁不正下梁歪"，

"上有所好,下必甚焉"。"楚王好细腰,宫中多饿死",说的是春秋时的楚灵王的审美标准是细腰骨感,以瘦为美,结果很多宫女减肥减得都饿死了。

同样是经营企业,但企业主的层次却不一样,大致有这样三个层次:一是生意人,二是商人,三是企业家。

生意人,无利不起早,一切向钱看,有个世界名模就曾说:"每天如果没有一万美金进入我口袋,我都懒得起床。"

缺斤短两、一锤子买卖、无商不奸都是大家耳熟能详的对商人的劣评,因为他总是在利益的天平上动手脚。

第三个境界,也是最高境界——企业家。不是任何一个在商场上摸爬滚打的人都可以被称为企业家的,因为企业家意味着品牌和社会责任。

不同类型的企业主,决定着企业不同的企业文化。曹操、刘备、孙权的个性和定位,也在很大程度上决定着魏、蜀、吴这三家企业的企业文化。


## 曹操的价值观


曹操的价值观是典型的实用主义,不管是黑社会的人还是白社会的人,只要能帮他干活就行。为了巩固和发展企业的势力,让更多的人为自己的事业服务,曹操爱才如命,不过他是"唯才是举",不论其德,只论其才,因此,曹操集团虽人才济济,

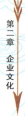

但也鱼龙混杂。

曹操"只问目的，不计手段"，这导致了他的手下都不喜欢守规矩。现在有些企业倡导"狼性文化"，采用抢夺的方式恶性竞争，为了抢生意，什么阴损的招都用，甚至鼓励其员工互相抢客户。这颇具曹氏遗风。

为什么当今的一些企业家富而不贵？富是经济指标，而贵更多的是一种文化价值诉求。在当前企业现代化程度越来越高的情况下，企业领导者不能只盯着资产增值，而应该更加注重软实力，建立健康型的组织形态。

曹式文化对中国人的行为方式有着深远的影响。有些人最不喜欢循规蹈矩地排队，喜欢另起一列。

就拿上海世博会来说，排队的规则本来很完备，但总有人钻空子，出现了"轮椅现象"、"童车现象"。什么叫"轮椅现象"、"童车现象"呢？因为坐轮椅的残障人士、推童车带小孩的人参观世博会可以走绿色通道。但主办方发现很多坐轮椅的人一进场馆就跳下轮椅健步如飞，还有很多婴儿被不同的大人用童车推着去参观那些热门场馆。常常有人在世博园门口向游客搭讪："轮椅要租哇？小孩要租哇？"逼得世博会组织方只好更改绿色通道的参观规则。

曹操不仅喜欢搏出位，还喜欢搏出名，"语不惊人死不休。"他认为，出恶名也是名，总比默默无闻的好。当年，曹操杀了吕伯奢全家，陈宫问他，你杀吕伯奢的家人倒也罢了，为什么当你知道是误杀之后，还要一刀取了吕伯奢的性命？曹操说："宁可

与狼共舞

我负天下人，不可天下人负我。"这句话是他的口号，也是他的标签，使其恶名远播。对当时的曹操来说，这对放大他一世枭雄的知名度起了非常大的作用。

当年曹操刺杀董卓未遂，王允却用美人计达到了目的。在电视剧《三国》中，王允对貂蝉说："若除禽兽，必先献身于禽兽。"貂蝉不解地说："义父此举与禽兽何异？"但曹操理解了王允的意图，与狼共舞对曹操影响很大，以至现在为了能出名，任何手段都敢使、任何途径都敢走的人也比比皆是。

## 曹操爱才但又妒才

曹操是大企业的CEO，前来投奔的谋士良将自然不计其数，因为大企业工资高，福利待遇好。曹操爱才是有名的，不过妒才也是有名的。杨修之死就是典型。

除杨修之外,曹操妒忌的对象还有荀彧。荀彧是曹操树立的智谋方面的标杆,很有才华。曹操攻打陶谦时吕布袭取了兖州,他临危不惧单身前往,说退豫州刺史郭贡的数万人马,并与程昱保住了三座城池。不久吕布败走,荀彧又劝说曹操迎接汉献帝,因此被升为侍中、尚书令。因为他多次推荐优秀人才如戏志才、郭嘉等给曹操,所以曹操更加敬重他,每有大事都先与他商议。但是曹操爱荀彧的同时,也恨荀彧。因为荀彧在为其效力的同时,依然不忘汉室。建安十七年,董昭等人劝曹操即公位,荀彧却私下表示反对,因此为曹操忌恨,并在征讨孙权时带他出征。以往曹操出兵,荀彧都是留守后方,因此荀彧又愁又怕,

终于在寿春病亡,死后被追谥为敬侯,后又被追赠太尉。

由此可见,作为老板的曹操,却容不得下属比自己强,实在是有点小肚鸡肠,其胸怀与爱吐血的周瑜一般无二。

沉不住气的荀彧以悲剧告终,沉得住气的司马懿却成了最后的赢家,他是魏国数代帝王的师傅和西晋开国皇帝的爷爷,实现了对曹氏企业权力争夺的全面胜利。司马懿可以说是一个天生的权谋家,他眼光长

远,放长线钓大鱼,始终把眼光放在曹操儿子中最有可能称帝的一位身上。先是曹冲,后又曹丕。曹丕称帝了,司马懿自然就是朝中权力最大的人物;曹丕终了又辅佐其儿子明帝曹睿;明帝崩,又辅佐其儿子曹芳。曹芳继位后,司马懿遭到曹爽排挤,迁官为无实权的太傅。正始十年(公元249年),司马懿趁曹爽陪曹芳离开洛阳扫墓,起兵政变并控制京都。自此曹魏军权政权落入司马氏手中。嘉平三年(公元251年),司马懿病死。公元265年,司马懿次子司马昭之子司马炎称帝,建立西晋,追尊司马懿为高祖宣帝。可见司马懿是三国时代最后,也是最大的赢家,他身前位高权重,死后还被追封为帝王。

## 曹操:后台有多大,实力就有多大

有句话叫"心有多大,舞台就有多大",在曹操那里可以改了,叫"后台有多大,舞台就有多大",曹操把"挟天子以令诸侯"做得有声有色。

曹操本是丞相,但是从来没有安守过丞相的本分,从不把皇帝放在眼里。在他眼里,没有事情是不能做的。他死后,司马氏集团有样学样——你曹家人可以当皇帝,为什么我司马氏的人不能当?王侯将相宁有种乎?人人都有帝王相,只是人杂没轮上——这导致魏国的江山很快落入司马氏之手。

## 刘氏企业是一流的"三无"企业

相比而言,刘备是企业文化建设的高手,其企业最早的主打产品是草鞋,并没有什么竞争力。

"刘备"牌草鞋放在提倡低碳出行的今天或许还能靠差异化赢得生存空间,但在当时的确没有多大的竞争力。像所有的中小企业主一样,刘备创业时一无资金,二无市场,三无人才,但是

刘备卖草鞋

他很善于卖愿景，一开始就把企业的目标定为海外上市。刘备的品牌口号是"匡扶汉室，拯救苍生"，卖的是美好生活的未来愿景，而非具体的产品。一流的企业卖文化，二流的企业卖产品，刘备可谓深谙此道。

就像IBM以前是靠卖计算机起家的，后来把家用电脑业务卖给了联想，自己改卖四海一家的解决之道，现在物联网风雨欲来，IBM又提出"智慧地球"，改卖物联网了。

曹操吸引员工靠的是加官晋爵、物质刺激，他认定重赏之下，必有勇夫。而刘备的桃园结义用的则是精神金手铐——"不求同年同月同日生，但求同年同月同日死。"

刘备卖地球

## 刘备的眼泪最值钱

企业文化应该是对内仁德、宽容，对外合作、共赢。刘备向来崇尚以德服人，推行仁治。他深知得民心者得天下的道理，处处笼络人心，希望在企业内部形成一种团结、协作的强大力量。

刘备最擅长使用的招数是苦肉计，动不动就掉眼泪，一副"先天下之忧而忧，后天下之乐而乐"的悲天悯人感时常浮现在他的脸上。常说"男儿有泪不轻弹"，可是那也只是因为"未到伤心处"，这刘备的伤心事看来还是蛮多的。但是不管怎样，他都表现得是为国、为民、为兄弟而忧，且忧愁状令人动容，这一点谁都比不了他。

## 刘备的竞争力是睡出来的

刘备最擅长的是和员工搞沟通，他的竞争力是睡出来的。他和关羽睡过，和张飞睡过，和赵云睡过，和诸葛亮也睡过。刘备三顾茅庐和诸葛亮相谈甚欢，当晚就睡在了一起。刘备睡过的兄弟还真不少，但他并不是"同志"，而

桑拿

是利用同榻而眠，抵足而卧来做思想工作。试想两个大老爷们睡在一张床上彻夜谈心，内心的什么好想法和坏想法都会和盘托出，而刘备循循善诱的思想工作的确起到了很大的作用。"祖裼相见"，"祖"是指解开上衣，"裼"是指露出身体，"祖裼相见"时人们往往会说出真心话，所以刘备是澡堂子文化的开创者。现在的老板除了拉人去打高尔夫，就是拉人去洗桑拿，往往两个人以这种方式相见的时候，生意谈得比较容易。

而史上最牛的"祖裼相见"当属1942年丘吉尔与罗斯福的一次会面。当时二战打得正酣，丘吉尔飞到华盛顿与罗斯福就盟国的战略合作进行商谈，但两人就战后建立的国际联盟的名字发生了争执。当时丘吉尔住在白宫，一天，罗斯福直入他的房间，他正躺在浴缸里。两个世界上最大的首脑级老板在如此尴尬的情况下见面，机智的罗斯福马上调侃道："我们终于可以坦诚相见了！"丘吉尔也立刻在浴缸里泰然自若地说："总统先生，大英帝国的首相对您是没有任何可以隐瞒的了！"借着这一融洽的氛围，罗斯福提出了"联合国"的名字，成功打动了丘吉尔。

对于一个组织来说，沟通是关键，员工之间需要沟通，上下级之间需要沟通，公司内外之间需要沟通，和消费者也需要进行沟通，而百分之九十九的误会都是沟通不当造成的。

当然，现如今老板和员工同榻而卧是不可能的，但是老板有些时候一定要放下身段，与大家一同吃吃大锅饭，一同聊聊人生、谈谈理想，多做一些体验式培训，少做一些说教式培训，这样对企业文化的渗透也是非常有帮助的。

# 刘备的"榜样"文化

榜样的力量是无穷的,刘备深谙此道,很会在企业中树立标杆。刘备成功树立了四个直到现在还被各界追捧的标杆人物。

其一是诸葛亮,他是智慧的象征,其美名传扬了千年。其实,诸葛亮也算得上是策划界的先行军。其做的策划案《隆中对》只能用完美来形容,正中了老板下怀。这样刘备觉得三顾茅庐很值。再看看诸葛亮的CI和VI,扇子是其最好的视觉识别系统,假如把他的扇子去掉,那么他睿智、英明、风度翩翩、满腹经纶的形象就会被削弱很多。所以说,他的扇子其实就是他的形象代表。

其二、三是关羽和张飞,关羽因忠义成为了文化的象征,张飞应该是屠宰业的祖师爷,他们俩最大的特点就是忠义。"身在曹营心在汉"的故事,让大家对关羽的忠诚敬仰无比。关羽"过五关斩六将"、"单刀赴会",张飞"长坂坡一声吼退曹操八十万大军"都是刘备用自己独有的"抵足而眠"的手段培训出来的。

其四是绰号常胜将军的赵云。首先从武功上,赵云的排名比关张二人还要靠前,现在有一个说法叫"一吕二赵三典韦(吕布、赵云、典韦),四关五马六张飞(关羽、马超、张飞)"。赵云的地位虽不及关张,对刘备却也是忠心耿耿,他经常当刘备的保镖,刘备东吴入赘时,他就是贴身侍卫。不过赵云的忠心,也只有刘备这样的主子才能培养出来。赵云从长坂坡救回阿斗之后，刘备做出了"摔孩子"的大义灭亲之举，这让所有身在现场的将士下定了誓死追随他的决心。不过赵云冒着生命危险救出来的阿斗，后来却成了"扶不起的阿斗"，他很有可能就是在这个时候被摔傻的。

毛泽东说过：典型是一种政治力量。树典型等于插旗子，其秘诀就是把需要加以提倡的精神、加以推崇的价值观、加以实现的原则、加以推广的经验，具体化在一个或几个看得见摸得着的具体人物或事件上，使之成为一面鲜明的旗帜，指引大众前进。因此，凡需要提倡一种什么精神，就需要找到一个或几个相应的典型来体现这种精神。

## 孙吴：从黑社会到学习型组织

曹操有句名言"生子当如孙仲谋"，可是我们知道曹操家大业大，光儿子就有25个，但他说生儿子就得跟孙权一样，只有孙权才是好儿子，这不摆明了说自己的儿子不好么？为什么曹操那么喜欢孙权？孙权到底有什么地方值得我们学习呢？

孙权之所以成功，有个重要原因就是他建立了一个学习型组织，孙权是继承了他爸爸和哥哥的事业的，他哥哥人送名号"小霸王"，一听就知道是在黑社会里有头有脸的人物了，他和他爸爸打打杀杀才取得了江东这块宝地。

孙权当上董事长后，发现集团内部已然存在很重的黑社会

气息，大家都不爱读书，可孙权自己很喜欢读书，并且不读死书，善于"从实践中来，到实践中去"，他不仅自己爱读书，还喜欢和大家一起读书。看到手下不爱学习，他内心很是着急，于是就劝说手下"百战归来再读书"。

有一次，孙权去和手下的勇将吕蒙谈话。话说吕蒙这人从小是个街头混混，没有学历，知识面也不广，孙权就对他说了：人要有出息，就必须读书，要与时俱进，你现在身居要职，更要补充一下自己的知识啊。阿蒙一听就回答他说：我现在每天都很忙，经常得加班，哪里有时间看书。孙权摇摇头说：此言差矣，时间就像是海绵里的水，挤一挤总归是有的嘛，我自己也很忙啊，但还是天天保持读书的习惯，你看曹操现在年纪一大把了，还那么好学，自己还出了本《孟德新书》，我们年轻人怎么可以落后呢。没时间没事，"三上读书"嘛，马上、厕上、枕上可以利用的时间都利用起来。吕蒙一听，觉得太有道理了。他学习细胞

043

丰富，接受新知识的速度非常快，一日，鲁肃去找吕蒙喝酒，吕蒙问他应该怎么对付关羽的突然袭击。鲁肃一时没有什么好办法，吕蒙把怎样提防蜀国这方面讲得头头是道，鲁肃叹息道：几日不见，我不知道你的才能居然到达了这个境地！这就是成语"士别三日，当刮目相看"的由来。这么一来，孙氏企业上下形成了一种爱读书、爱思考的好氛围。

　　吕蒙活学活用，把他学到的知识的力量充分地表现了出来，甚至打败了夜读《春秋》、博学大义的关羽。关羽虽然也好读书，但是随着愈加位高权重，渐渐地脱离了实践，又不懂得知识更新，渐渐被时代潮流所淘汰。吕蒙掌握这一点后，自己装病并把权力交给了名气不大的陆逊，降低了关羽的防范之心，之后陆逊又叫全军装扮成商人的样子，利用cosplay战术集体白衣渡江，而关羽竟然对这种新生事物一窍不通，吕蒙的偷袭大为成功，最终导致了关羽大意失荆州，战死疆场。

# 孙权：以身作则的力量

书中自有黄金屋，书中自有颜如玉。对孙权来说，书中不仅有钱、有美女，还有智慧和方法。孙权深谙"知识就是力量"的道理，不仅自己好读书，还要求公司员工都加入学习的大潮中，构建了一个名副其实的学习型组织。

对于企业来说，老板应该时刻注意把一些好的行为、习惯、理念等带入自己的企业中，营造良好的氛围。同时，还要以身作则地去影响员工。

有一个企业的老板，非常强调员工们的礼仪问题，经常邀请一些知名的礼仪培训师给员工们做培训，后来发现效果并不显著，老板很苦恼，花了大价钱给员工做培训，怎么就没起作用呢？后来发现，问题出在自己身上，夏天时他总穿着拖鞋在写字间里来回穿梭，员工便纷纷效仿，穿得很随便。所以说，榜样的力量是无穷的，老板要起好带头作用。

## 孙权将企业分权化做得最好

皇帝一个人集天下大权于一身，所以许多人都想做皇帝。

但孙权他哥早就告诉他要学会分权管理。什么是管理？管理就是组织他人完成工作的艺术。"内事不决问张昭，外事不决问周瑜"，在魏蜀吴三家之中，分权管理是孙权做得最好。他从不揽权，将权力均匀地分配给了手下，组建了专业的职业经理人队伍。"欲取之，先予之"，孙权可以说是中国历史上最懂得放权的领导。

诸葛亮和曹操在这方面就没有孙权处理得好。诸葛亮大事小事都要过问，军中有人犯错，罚20杖以上他就要亲自处理，还因事必躬亲拖垮了自己的身子，"出师未捷身先死，长使英雄泪满襟"。曹操的管理方式也好不到哪里去。他学习周公，求贤若渴，一日三吐哺，吃饭的时候都忙着批阅文件。袁绍的谋士许攸转会投奔他时，他大喜过望，连衣服也顾不上穿，光着脚就跑出来迎接了，按这样的工作方式，怎么能不犯头疼病呢。

孙权手下的周瑜可以说是文武双全，只不过气量有点小。孙权最大化地利用了他的优点，驾驭了他的缺点。孙权的哥哥小霸王嘱咐孙权："内事不决问张昭，外事不决问周瑜。"孙权在试探了周瑜的忠心之后，给予了周瑜充分的信任，军务基本上都交给周瑜管理，让其充分为吴国效命。当然吴国不像蜀国那样后继无人，孙权很注意人才梯队建设，培养出了吕蒙、甘宁、陆逊这样智勇双全的将领。

陆逊出身于江东大族，其父陆骏曾任东汉九江都尉。只不过陆逊早孤，小时候跟着从祖父陆康在庐江太守任所读书，也算是少年坎坷。到了青年时，陆逊已博览群书，才气远近知名。

这自然让爱读书的孙权甚是欢喜,陆逊也便自然而然地走上了东吴的政治舞台。陆逊不同于其他掉书袋的书生,他是一位足智多谋的将才。他施计麻痹关羽,智取荆州;又用火烧连营策略取得彝陵大捷,为吴国频立战功。

当代的台湾经营之神王永庆也和诸葛亮一样,他年轻的时候大大小小的事情都一一过问,据说他一周的工作时间长达100个小时,严密控制着整个企业的运作。但是王永庆读了《三国演义》之后,就对自己的管理方式进行了调整。他认识到一个企业单靠一个人的管理是不够的,他在1968年成立了专业管理机构,之后又将企业管理电子化,这才轻松许多,一直活到92的高龄。

企业文化的缺失会让一个貌似强大的企业人心涣散,土崩瓦解。有了健康的企业文化,企业的凝聚力和归属感都会增强,小企业也会因此而变得更强。

第三章
职场风云

　　"我不是在上班,就是在上班的路上。"现代都市人一生中的大部分时间都用在工作上。经济的发展带来了商业的繁荣,而商业的繁荣带来了人才的聚集和流动,这就形成了职场。职场如战场,我们大多数人都不可避免地要在职场中忙碌奔波。况且,职场风云变幻,处理不好办公室政治,是很难混出个好模样衣锦还乡的。

　　身在职场,则无法不面对求职、升职和跳槽。这三件事,每一件都需要人们用智慧精巧规划,做好了才能在职场上高歌猛进。

　　三国如同一个大职场。公司众多,人才济济,竞争激烈。有人职场得意,有人职场失意。诸葛亮为什么能成为求职者的典范,他的求职观是什么?三国中谁升职最快?谁跳槽最多?谁跳槽跳得最成功?谁跳槽跳得最失败?谁不跳槽却跳楼?

有记者问比尔·盖茨:"如果让你离开微软重新创业,你最想带走的是什么?"比尔·盖茨说:"我只要现在微软的100名核心员工。"那么如何成为一名核心员工,如何让自己在公司内部的竞争中立于不败之地,且步步高升呢?

解读三国的职场风云,看三国群英是如何求职、升职、跳槽,会给我们带来很多启示。

## 诸葛亮是自我营销的高手

说到求职,就不得不说诸葛亮,他可谓是成功求职的典范。

未出茅庐时的诸葛亮,其实就像个应届本科毕业生,一无高学历,不是硕士、博士;二无海外求学经历,没有海归的光环;三来,更没有具体的运作经验。更重要的一点是,诸葛亮还是光棍一条,"单身"的身份对诸葛亮的影响非常大。三国时期不像现在,许多人倡导晚婚甚至是单身主义,那时候讲究"成家立业"、"齐家治国平天下",先成家后立业,没成家的男人就属于嘴上没毛办事不牢的毛头小子,这样的人,别人用起来还真不放心。

虽然诸葛亮劣势明显,但他却是个自我营销的高手,成功地弥补了自己的不足。其实，诸葛亮抓住了营销的一个特性——营销就是把有缺陷的东西卖出去。

有这样一个故事：从前有一位国王，他独眼、缺手、断脚，却很爱面子。他很想将自己的肖像留给后代瞻仰。于是他请来全国最好的画家。这个一流的画家将他画得逼真传神，但他看了之后很难过，说："画得这么丑陋，怎么传得下去！"于是就把这位画家给杀了。他又请来另一位画家。这位画家因有前面的教训，不敢据实作画，就把国王画得很完美无缺。把断的腿加上去，把缺的手补上去，国王看了之后更加难过了，说："你在讽刺我，这个人不是我。"又把他给杀了。第三位画家怎么办呢？写实派被杀了，完美派也被杀了。他想了很久，急中生智，画了一幅国王单腿跪下闭住一只眼睛瞄准射击的肖像画，把国王的缺点全部掩饰掉了，结果国王大为欢喜并奖赏了他。第三位画家也是借助"营销就是把有缺陷的东西卖出去"的理念成功躲过一劫的。

## 诸葛亮的相亲历程

为了更好地营销自己，诸葛亮首先要解决的问题就是婚姻大事，诸葛亮26岁出山，25岁才结的婚，在那时算是晚婚主义者。

诸葛亮为了完成婚姻大事，开始了自己的征婚之旅，估计

他当时没少参加《非诚勿扰》这样的相亲会。当时有一个叫黄承

彦的河南名士，是诸葛亮的朋友，他家里有一个丑女儿，叫黄硕，字月英，正愁嫁不出去。黄承彦一看诸葛亮这个大帅哥在征婚，就琢磨着如何把女儿嫁给他。

黄承彦找到诸葛亮说，我想把女儿嫁给你，但是她长得不好看。诸葛亮心想，黄承彦好歹也是个名士，女儿应该不会差，估计是黄承彦

在谦虚呢。于是，就有了男女双方的见面会。诸葛亮一见黄硕，那是两股战战，几欲先走。黄硕真是人如其名，身体壮硕，乍一看像是练柔道的，而且黄头发、黑皮肤，脸上还长了不少青春痘。诸葛亮心想，我怎么着也得找个美女吧。但黄承彦告诉他说，我女儿虽丑，但很有才学很贤德，你娶她定会有助于事业。诸葛亮一琢磨，自己要找个事业上的好帮手，于是就答应了。

这就是诸葛亮的择偶观：娶妻娶其德才，而非娶其容貌。

## 诸葛亮的求职观

诸葛亮娶了黄月英，迈出了走向上流社会的第一步。后经老丈人介绍，诸葛亮成功联系上了当时最大的猎头公司——"水镜猎头集团"。

当时水镜先生问诸葛亮想进哪家公司。诸葛亮经过一番分析，决定让水镜先生把自己推荐给刘备。为什么呢？诸葛亮分析，以自己的条件，去曹操那里不行，因为曹操那里谋士如云，他去那里肯定混不到好位置。孙权那里是周瑜当道，他去必被周瑜挤兑。唯有刘备那里，别看企业小，但正处于上升期，而且刘备是皇室嫡亲，好歹是个红顶商人。诸葛亮是宁做刘备那儿的鸡头，不愿做曹操、孙权那儿的凤尾。

  这其实给我们现在的求职者以很好的启示，当时刘备只不过是众多小老板之一，他的公司是一个极不显眼的小公司。但诸葛亮却偏偏选择了刘氏小公司入伙。其原因，绝不仅仅是所谓的"三顾茅庐"。诸葛亮经过周密调查、深入研究，确认刘备这哥们能成大器，给他打工可以放开手脚施展才干。事情的发展正如诸葛亮所料，刘备对诸葛亮信之用之、用之信之的大度，使他们二人肝胆相照。诸葛亮心甘情愿地做"刘氏有限公司总经理"，竭尽才智、鞠躬尽瘁地为"刘董事长"打工，从而干出了一番惊天动地的业绩，把一个"小公司"策划经营成了"三大集团公司"之一。相比诸葛亮，现在大多求职者都是抱着全面撒网的心态，然而，全面撒网最有可能收起一张空网，有的放矢地重点捕捞，才能钓到大鱼。

确定了要跟刘备打天下后，水镜先生就两次将诸葛亮推荐给刘备，跟刘备说，在当今世上，你只要把伏龙、凤雏这两人中的一人弄到手，这天下就是你的了。于是就有了刘备的三顾茅庐。

## 刘备为什么要顾茅庐三次？

为什么刘备要三顾茅庐呢？这其实是诸葛亮的营销手段，他故意让刘备跑三次。

诸葛亮出这招一方面是为了试探刘备的诚意，另一方面也

"营销配，非冷而不足！"——诸葛亮

是给刘备设下迷魂阵，让他觉得自己神龙见首不见尾，自己表现得越神秘，刘备就会觉得自己越有价值。那为什么不让刘备四顾五顾呢？诸葛亮不傻，他自然知道事不过三的道理。如果再多顾几次，刘备肯定会觉得他谱摆得太大，不想跟他玩了。诸葛亮很好地把握了人的心理，以此来看，诸葛亮还是个心理学家。

## 诸葛亮营销自己的三次机会

在刘备三顾茅庐的过程中，诸葛亮运用了各种营销手段来打造自己的个人品牌。

首先就是做广告，在哪打广告呢？当时也没有电视台，于是诸葛亮就找到了耕地的农民，让他们全天候多频次地播送自己的口碑："苍天如圆盖，陆地似棋局；世人黑白分，往来争荣辱：荣者自安安，辱者定碌碌。南阳有隐居，高眠卧不足！"

此外，诸葛亮还运用了消费者证言的方法，让其朋友、老丈人给他做消费者证言，各个都说诸葛亮如何如何牛。结果，真把刘备给弄得五迷三道的。至此，诸葛亮在职场上成功地宣传了自己的优势。

## 诸葛亮的面试秘诀：隆中对

当然，就算名声在外，面试的时候也得拿出真功夫来。不能是张飞卖豆腐——人硬货软，而应该是张飞卖秤砣——人硬货更硬。

诸葛亮在见刘备之前，做好了充分的市场调研和竞品分析，等刘备一来，就拿出了自己给刘备集团规划的商业计划书——隆中对。他告诉刘备，现在市场很乱，竞争很激烈，曹操是最大的竞争对手，但那哥们势力大，你玩不过他，所以还是躲着他为妙；孙权的势力也不小，你可以拉拢他，跟咱一起打曹操，至于咱自己，那就是先占荆州，再取西川。这下给刘备乐的，还没给你工资呢，就给我出了这么多好主意，啥也不说了，录取了。

现在的求职者很有必要学习诸葛亮的这一点，在面试之前务必做好功课，深入了解所应聘的企业。如果你去面试的时候也拿出一份有建设性意义的商业计划书，估计面试成功就八九不离十了。

诸葛亮

个人品牌造势的高手

# 哪种人升职快？

人往高处走，水往低处流。成功进入一家企业之后，接下来要琢磨的就是怎么升职。

为什么有些人升职快，有些人媳妇都熬成婆了，职位还是没升迁？这其中到底有什么奥妙，到底什么样的人升职最快呢？

在职场中有四种人：有能力有脾气的，有能力无脾气的，无能力有脾气的，无能力无脾气的。其中升职最快的，当属是有能力无脾气的。赵云可以说是有能力无脾气的典范，是三国中的最佳职业经理人。

赵云有勇有谋，当世豪杰，能力出众；而且人家还听话，很会按领导的意思办事，不像张飞般火爆，也不像关羽般傲气。老板最喜欢这样的员工，这样的人升职当然也就快。赵云顺利进入了刘备集团的股东层，成为四千岁。

## 如何才能升职？

　　企业是营利机构不是福利院，要想升职，取得辉煌的业绩是首要的。关云长攻拔襄阳、赵子龙单骑救主、老黄忠计夺天荡山、张翼德大闹长坂坡，每个人都是凭借卓著的功绩才换来了职位的升迁。至于那些碌碌无为者若想升职，除非是老板老糊涂了。

　　升职的第二要诀是——要做老黄牛，但是要做会叫的老黄牛。

　　其实这就是《杜拉拉升职记》告诉我们的道理。在职场中，如老黄牛一样勤勤恳恳、踏实工作是必需的。但做出了成绩，要让老板知道。可能人们会觉得，当老板的本就应该能看到员工的工作状况，但老板都是很忙的，没办法做到对所有事情都了然于胸。所以，别抱怨老板看不到自己的努力，是你对职场规则不明白。在职场，要做老黄牛，但要做会叫的老黄牛，只有这样，你才会成为下一个杜拉拉。

　　升职的第三要诀是——敢担当，在老板最需要的时候出现。

　　赵云为何如此受刘老板的赏识，就是因为他敢担当，而且总是在老板最需要的时候挺身而出。比如，周瑜用美人计引诱刘备，打算在刘备相亲的时候把他干掉。是赵云作为护亲的保卫队长，识破了藏于左右的刀斧手，最终排除艰险，圆满地完成了任务，使刘备不仅全身而退，还抱得美人归。这才给了诸葛亮嘲笑周瑜的机会：周郎妙计安天下，赔了夫人又折兵。

　　因此，在职场中要学会勇挑重担，并圆满完成任务，成为老板在最需要帮助的时候最可信赖的员工。如此这般，你想不升职都难。相反，如果不敢担当，别说是升职，还有可能被降职。有这样一个故事：总统和外长同坐一趟电梯，总统不小心放了个屁，觉得很尴尬，于是对外长说：你放屁了？总统的意图很明白，就是让外长给自己担一下。但外长这人比较死心眼，很坚定地对总统说屁不是他放的。结果，第二天，外长就被免职了。外长问总统，我没做错什么啊，为什么降我的职？总统说：屁大点事都不敢担当,不免你免谁?

升职第四要诀——"剩者为王"。坚守坚持,做好工作,当你源源不断地送走一批批同事的时候,你就成了元老,升职的机会自然会变大。不过,想升职也要克服急躁的心理,因为老板也会有自己的考虑。可能你觉得自己够升职的要求了,但老板还想再考验你一下,因此,不妨再等待一段时间。俗话说"试玉要烧三日满,辨材须待七年期",老板总会看到人才的光芒的。

## 跳槽的类型

在一个公司如果升不了职,许多人都会选择跳槽。"此处不留爷,自有留爷处,处处不留爷,爷当个体户。"一言概之:人在职场飘,谁能不跳槽。跳槽也是一门学问,跳好了平步青云,跳不好,很有可能辛辛苦苦几十年,一下回到解放前。所以,看好了你再跳。

总结起来,跳槽者有这样几种类型:

第一种类型是创业型的跳槽者,其代表人物是刘备。

刘备先依附刘焉,后来跟过袁绍、曹操这些"大企业家",还跟刘表干过,甚至和吕布谈过"合作"。他在给袁绍"打工"的时候还让赵云替他偷偷地招兵买马,聚了五百人。

"哥要跳成大老板!"
——刘备

    这种人不在乎在所在单位有多高的职位,他更在乎能否快速地学完公司的精华。通过游离于各个企业之间,汲取各方经验,为创业做准备。

    第二种类型是现任老板无能导致的跳槽者,其代表人物是刘璋的老部下张松。

    其实张松在刘璋公司过得挺自在,很被老板赏识,而且是钱多活少离家近,睡觉睡到自然醒,数钱数到手抽筋。但是张松不满意，就是因为"刘季玉虽有益州之地，禀性暗弱；加之张鲁在北，时思侵犯，人心离散，思得明主"，根本不能保证自己的利益，他现在对我挺好、我也干得挺舒服，但说不定哪天他就破产了，那我到时候不也失业了吗。我一失业，老婆孩子怎么办？退一步说，即使这公司倒闭不了，但也肯定没什么发展前景，自己在这小池塘混久了也就变成泥鳅了，干嘛不另寻明主呢。于是，张松经过一番考虑，最后选定了刘备。

第三种类型是在原单位不受重视的跳槽者，其代表人物是许攸。

许攸原是袁绍的部下，官渡之战中，他向袁绍献计，趁与曹操相持官渡的时机，派一部分人掩袭曹军的大本营许昌，然后首尾夹击曹军。袁绍不但不以为然，还偏听旁人之言，将许攸逐出中军大帐。许攸一想，既然此处不留爷，那就跳槽算了。于是，许攸连夜投奔曹操，并授计曹操劫烧了袁绍百万大军屯于乌巢的粮草，导致袁绍大败。

许攸因前老板不重视自己而跳槽，这本无可厚非，问题就在于他的跳槽方式有些不地道，为取悦新主人泄露原来服务的公司的机密。这种行为肯定是为天下人所不齿的，也是现在的跳槽者需引以为戒的。

第四种类型是毫无章法的跳槽者，这种人没有明确的职业规划，走一步是一步，得过且过，甚至连下一次跳到哪里都不知道，这种类型的典型代表是吕布。

吕布原是丁原的义子，董卓派人带着金珠宝马去"挖角"，

这位吕先生就砍了丁原的脑袋,转身拜了董卓当干爹;王允巧施连环计,吕布英勇地把董卓刺于马下,认王允当义父;白门楼上,战败被俘的吕布向当年称兄道弟的曹操乞降,还不忘加一句"愿拜为义父",不过曹操不乐意步吕布前两位干爹的后尘,用一根绳索结束了他的跳槽生涯。基于吕布极具戏剧性的经历,张飞送他绰号"三姓家奴",十分地贴切。

　　吕布可以说是三国第一猛将,论能力自然不差,但他却没有成就功名,反而英雄早夭,其原因就在于他没有做好职业规划,频繁跳槽。吕布也是三国中的"跳槽王",但这个"跳槽王"最终却成了"跳槽亡",沦为三国时期最失败的跳槽者。

　　三国时期最该跳槽却不肯跳槽的人是蒋干。主帅无能,累死三军。蒋干无能,差点害死曹操。

蒋干是曹操手下的谋士,估计蒋干是掏钱买了假文凭到曹操那里滥竽充数的,因为蒋干的才能实在令人不敢恭维,但这哥们还特勤快。其实,老板最怕这样的人,不会办事还特别勤快,结果老板就跟着倒霉。蒋干就是这样,不是有句俗语嘛:曹操遇蒋干——倒了大霉。蒋干为曹操办过两件事,但每一件都让曹操倒霉到家。第一次是蒋干当说客去说服老同学周瑜投降,结果反被周瑜利用。他从周瑜那里偷了一封假书信,然后屁颠屁颠地向曹操邀功,结果导致曹操误杀了训练水军的关键人物蔡瑁和张允,让曹操肠子都悔青了。第二次是蒋干想将功补过,结果又被吴国算计,带回了玩无间道的庞统,庞统献了连环战船之计,给孙刘联军火烧赤壁创造了必要的条件。

这种人才是一个企业里面最应该跳槽的人,可人家蒋干兄硬是厚着脸皮待在那里,而且还跃跃欲试,等待下一次施展自己"才干"的机会。对于这种人,曹操早应该让其"被跳槽",但曹操始终没有辞退他,因为曹操也有软肋,他怕被人看出原来足智多谋的自己也有上当受骗的时候。保全蒋干是为保全自己的面子。其实,如果曹操多找些像蒋干这样的人,给刘备、孙权一人分一个,何需千军万马啊,两个蒋干就能把他们祸害死。

# 跳槽有风险，跳者需谨慎

不管出于什么原因，跳槽者起初的梦想都很美好，都憧憬着更美好的明天，其实这也是很多人离婚的原因——总觉得下一任老婆会比现在的老婆好。但事实证明，跳槽是把双刃剑。

### 谯周，三国时期最被人看不起的跳槽者

谯周早先是刘璋的部下，刘备取西川，兵临成都城下，谯周劝刘璋顺应天道出城投降；若干年之后，魏将邓艾奇袭成都，已是光禄大夫的谯周再次力主投降，并成为降书的主笔。"素晓天文"的谯老爷子算是在文化史上留名的人，但他这两次"跳槽"却一直被人瞧不起，唐朝的温庭筠路过五丈原，写诗悼念诸葛亮，就没忘记挖苦谯周两句："象床宝帐无言语，从此谯周是老臣。"

### 最郁闷的跳槽者——跳错槽的魏延

关羽攻打长沙时大战黄忠，太守韩玄疑黄忠里通外应要斩之，幸得魏延挺身解救，杀韩玄而献长沙。当魏延兴冲冲地投奔刘备，心里盘算着在刘备那儿混个领导当当，不料诸葛亮看出

魏延"脑后有反骨",认定他"久后必反",下令将其斩首,多亏刘备阻止,才免魏延一死。自此之后,魏延在"蜀汉集团"中的日子便过得疙里疙瘩,很不如意,属于"被监控使用"一族,最后还是死在诸葛亮身后的计谋之中。

## 跳亦有道

　　跳槽也有跳槽的规矩,坏了这些规矩,就算你有天大的本事,也没人敢接受你。

跳槽者所需要遵守的首要规矩就是切莫贬低前任公司。这就是魏延跳槽带给我们的启示,魏延杀主投靠刘备,其实就是在说,原来所在的公司太垃圾,根本不是人待的地儿,所以我就跳到你这儿来了,但魏延并没有受到诸葛亮的欢迎,相反地,诸葛亮还特别讨厌他。为什么呢?因为你现在来我这里面试就大骂你以前所在的公司,那等你从我这里跳槽寻找新公司的时候,肯定也会大骂我一番。

因此,跳槽者不能因为要找新工作,就把原来所在的公司骂得一无是处;不能在这个公司工作时就把它当饭碗,不在这个公司工作时就把它当痰盂。毕竟,你在这个公司奉献过、成长过,干嘛要往曾经吃过饭的锅里吐痰呢?

## 不跳槽,但也别跳楼

比起跳槽,更要不得的是像孔融那样跳楼。孔融就是小时候给人让梨的那位名人。他是曹操的谋士,但与其政见不一,合作不愉快,想升迁更是门都没有。如果天天堵着老板的门说他这不对那不对,应该怎样怎样做……你想,老板会升你的职吗?不一脚把你踹飞就算对你客气了。照这种情况看,孔融应该跳槽啊,但他不跳,结果最终被曹操满门抄斩,因一份不开心的工作而失去了性命。真的要奉劝一下:咱不跳槽,但也别跳楼啊!

跳槽与其他事物一样具有两重性,跳得太急太频繁效果未必好。不能凭一时之气与一时心血来潮便马上跳槽,应该沉住气,选择时机,争取跳一次成功一次,收获一次,升华一次。

宁跳楼
不跳槽.
——孔跳

第四章
管理艺术

　　《三国演义》中的智慧不只是政治权术和战争计谋，更有丰富的管理智慧。如果你能从妙趣横生的三国历史故事中读出中国式管理思维，那么恭喜，说明你有做领导的天赋。

## 管理的本质是什么?

　　管理是组织他人完成工作的艺术。管理首先是团队行为，所以必须有组织、有制度、有纪律。管理的对象是人而不是工作,而且是管他人,管理从来都不是一个人去奋斗,而是调动大家群策群力。能够躺在下属的功劳簿上睡觉的就叫领导,所谓"一将功成万骨枯",论个人本领,曹操、刘备和孙权三个人绑在一起也打不过吕布一个,他们三个一块做智力题有可能比诸葛亮厉害,"三个臭皮匠顶个诸葛亮"。组织的力量能够摧枯拉朽,个人单干肯定不行,个体户历来都不好混。

　　管理可以做到像艺术作品一样赏心悦目,润物无声,也可以让人不寒而栗。好的管理让人心旷神怡,教人进步和成长;坏的管理则让人心神不宁,致人颓废和绝望。

《组织的力量是强大的》

美国式管理的哲学基础是个人主义,日本式管理的哲学基础是集体主义。西方企业管理理论更多地强调"制度"、"规则",而中国传统文化则大都强调"面子"、"关系"。西方式管理强调法、理、情,中国式管理强调情、理、法。中国式管理更多地是人情式管理,讲的是变则通、通则久的软性原则,是"制度+人情"的管理。

## 以电影类型解读三国管理艺术

如果以电影类型解读曹魏、刘蜀和孙吴的核心管理理念,那么它们分别是动作片、悬疑片和武侠片。

### 曹魏是动作片

曹操搞的是强人式管理,顺我者昌,逆我者亡。他一辈子攻伐不断,骑马的时间比坐沙发的时间长,而且灭吕布、袁绍、刘表、马超、张绣、张鲁等势力,一统中原,是三国时期最能打的企业领导人。

《谁比我更会打》

## 刘蜀是悬疑片

三国之争在某种意义上来说是谋士之争。咨询方案的好坏决定着项目的成败。蜀汉集团真正有正规的管理是在招聘了诸葛亮之后，诸葛亮足智多谋，而且搞得很神秘，决策过程不透明，动不动就用锦囊把计策包起来，并且规定不到时间不许打开看，吊足了人们的胃口，也构造了很多惹人猜想的情节和神秘的氛围。

《诸葛亮与锦囊》

## 孙吴是武侠片

　　曹操和刘备都喜欢英雄这个词,大气而文雅,但是孙权更愿意人家称他为豪杰。"自古江东多豪杰!"江湖气一下就出来了,孙家确实代代都有绿林风采,火并黑帮,劫掠富豪,盗玉玺,抗朝廷,孙权重用的人也都是同类型的,比如吕蒙、甘宁等,但他们后来都在孙权的影响下开始读书。这样更是了不得了,正所谓"不怕流氓胆子大,就怕流氓有文化",要是古龙在世,写一本《江东豪杰传》肯定好看:"东,江东,暮色江东,暮色江东雾蒙蒙;剑,宝剑,七星宝剑,七星宝剑响峥峥。"

《孙权 何处不江湖》

如果讲董卓和吕布那一段，就是一出"伦理片"了。

为了更好地归纳总结《三国演义》中的管理学知识，我们将从管理风格、情商管理、智商管理和愿景管理这几个方面来解读。

## 管理风格

### 曹氏企业：大独裁者的头疼病

曹氏企业拥有很多特权和垄断资源，而且兵多将广，人才

济济，但曹操是个以自我为中心的总裁，尤其那句著名的"宁教我负天下人，休教天下人负我"，太露骨了。曹操这话脱口而出，当时跟他在一起的陈宫吓坏了，心想曹操把磨刀霍霍杀猪宰羊准备款待他的人都杀了，幸亏自己晚上睡觉不磨牙，不然也早死在曹操刀下了。于是，陈宫后来找个机会偷偷跑掉了。曹操的这句名言是其自毁形象的最大败笔，从此天下人都知道他是奸雄了。

曹操的性格决定了其组织架构是以他本人为中心的高度集权体系，执行的是垂直管理的结构，一竿子插到底。曹操能干又勤奋，加上天生多疑，人多地盘大，还有很多业余爱好，最终像诸葛亮一样累死

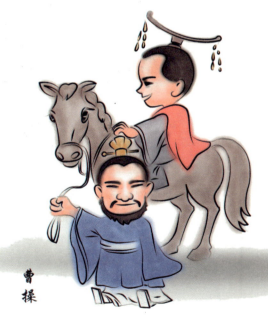

曹操

在了工作岗位上，曹操一辈子也没有当皇帝，到底是个打工的，算是"打工皇帝"。

迷信自我、信奉独裁统治的管理者都很辛苦，当前中国的

民营企业家面临着类似的问题，不敢或不懂得放权，什么事都不放心，把整个企业的运营权放在自己手里，虽然决策速度很快，执行力很强，但却面临着极大的风险，尤其是接班人的问题会很棘手，所以曹操才会感慨"生子当如孙仲谋"。

## 刘氏企业：诸葛亮神话难再续

相比之下，刘备对职业经理人充分信任、大胆授权，他是战略家，而诸葛亮是蜀汉集团的常务总经理。刘备给诸葛亮的股份是干股，虚拟资产，但份额很大，刘备临死前在白帝城对诸葛亮说："君才十倍曹丕，必能安邦定国，终定大事。若嗣子可辅，则辅之；如其不才，君可自取。"意思说，诸葛先生你能力太强了，现在曹丕都不如你，我那个儿子如果成器的话，就麻烦你帮我照看一下，如果不成器，你干脆就搞个股改，自己当老板吧。

诸葛亮一听，当时就吓坏了，磕头都磕出血来。"权力有多大，责任就有多大"，既然给自己的股权是无限的，责任自然也是无限的，所以他"鞠躬尽瘁，死而后

已",将一辈子的心血都献给了刘备父子。

其实诸葛亮也是一位独裁者，他与曹操的不同之处在于，曹操是靠权力树立无上威信，而他是靠才智促成绝对服从。权力容易传承，但智谋不可复制，这就是诸葛亮的悲哀，"蜀国无大将，廖化当先锋"，诸葛亮的存在在一定程度上压制了蜀汉集团新人的成长，其核心团队也没有从外部得到充分的补充，好容易来了一个魏延，却因为人家后脑勺上有一处骨质增生而被诸葛亮猜疑，怎么能仅凭这个就判断人家的思想品德呢？所以诸葛亮死后，蜀国急速衰退，也就不难理解了。

### 孙氏企业：最民主的帮派组织

孙权实行的是民主式管理，只有孙氏企业真正做到了集体决策，这也是为什么他们没有国家颁发的许可证，也没有"五虎上将"和孔明这样具有国际视野的职业经理人仍能够独霸江东市场的重要原因。东吴的文臣武将各司其职，各尽其责，议则同谋，战则同力；孙老总善于听取各方的不同意见，用人也不计较文凭和工作经验，全靠业绩说话，让下属有一个公平、公正、公开的竞争环境。这样的企业肯定有前途，如果不是孙皓那个富五代太败家的话，孙氏集团的持续运营应该没啥问题。

据说前苏联领导人赫鲁晓夫曾在苏共二十大上批判斯大林专制独裁，有人递条子问：赫鲁晓夫同志，您当时也是政治局委员，也是党和国家的领导人，为什么不公开站出来反对斯大林？赫鲁晓夫当时就站起来，把条子大声念了一遍，然后大声

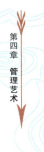

问条子是谁写的，会场上顿时鸦雀无声。过了一会儿，赫鲁晓夫说："同志们，看到了吗？现在我们是这样民主，大家都不敢直言，何况当时？"

## 情商管理

管理学领域现在有一个趋势，就是越来越重视情商因素，因为管理针对的是有丰富情感和不同个性的人，所以合理地利用自己的情感是当今管理者必备的素质之一。对企业管理者而言，情商的重要性大约是智商的9倍，看来脾气不好并不是小毛病。

《三国演义》里"大怒"一词出现的频率很高，用现在的话讲就叫"不服"！

两军对垒，两个将军出列，照例先聊上两句，一般情况下，都聊得不开心，然后肯定有一个人会忍不住先冲过来，而他被杀死的概率也会比较大。

主将无能，累死三军。

情商管理主要表现在情感营销和情感控制两个方面。

以情动人，将人际关系处理得恰到好处，我们称之为情感营销。在这个方面，刘备肯定是三国第一人，人们都知道刘备会哭，哭得好，更善于做思想工作，前面讲过"刘备的江山是睡出来的"，就是他运用情感的经典例证，其实不光刘备会哭，王允

和曹操也都是情感运用的高手。

## 王允的眼泪最有杀伤力

　　王允是司徒大人，正宗的部级干部，董卓在首都兴风作浪的时候，没有兵权的他一点招都没有，可这个人很能借势，靠两次大哭除掉了董卓，进而影响了全国市场的格局。

　　一次是他骗大家去吃生日蛋糕，结果蛋糕刚端上来他就哭，一番话忧国忧民，逼得所有的大臣都不吃蛋糕了，都跟着哭，他的哭看似软弱，实为想激起别人的斗志和怒火。曹操是一帮老臣里最年轻的，肝火旺，顾虑少，当下就答应去刺杀董卓，虽然事情没有成功，但王部长总算看到希望了，所以一直找机会故技重施。听说董卓和吕布都是色狼，他打起了自己家驻唱

080

司徒王允

歌手貂蝉的主意，小姑娘听说干这事，怎么可能答应呢，"我卖艺不卖身，何况把我一块卖给俩人，亏我平时喊你爹！"王允理亏啊，这事确实也不光彩，于是他"叩头便拜"，"泪如泉涌"，作出一副痛心疾首的样子，说："丫头啊，你就从了吧！"后来怎样，貂蝉不但圆满完成任务，而且终其一生，对王允都毫无怨言，王部长果然是高手啊。

## 曹操的三笑一哭

哭最容易打动人，但有时候笑也是必要的。当初曹操抢占南方市场的计划失败，在赤壁那个地方逃走，本来是很狼狈的，但一路上每次稍有喘息的机会，他都会"仰面大笑"或"扬鞭大笑"，把手下的人都吓坏了，以为自己老总受刺激发疯了呢，赶紧看住了，免得他跳楼或抹了脖子。其实曹操三次大笑都是在为自己的将士鼓气和增添信心，因为团队最怕"军心涣散，信念不足"，他绝口不提失败的往事，还调侃对方的战术策略，如此达观坚毅，下属肯定会受到感染。最后终于逃出险境，曹操却"仰天大恸"，危险的时候他笑，安全了他又哭，曹操哭什么呢，哭郭嘉，他说："吾哭郭奉孝耳！若奉孝在，决不使吾有此大失也！"遂捶胸大哭曰："哀哉，奉孝！痛哉，奉孝！惜哉！奉孝！"

众谋士皆默然自惭。曹操兵败不罚一人，但用哭声让谋士愧疚自责，这是一堂多么生动的思想教育课啊。

情商管理的第二个方面是情绪控制，无论是得意还是失意都能泰然处之。"泰山崩于前而色不变，麋鹿兴于左而目不瞬，然后可以制利害，可以待敌。"人们常讲"冷静"、"淡定"，就是这个道理，而诸葛亮的一把羽毛扇子，据吴宇森说也是起这个作用的。

### 情绪一失控，后果很严重

诸葛亮分别气死过周瑜、王朗和曹真。气量狭窄是致命缺陷，为此丢掉性命，不但做不成烈士，还可能成为别人的笑柄，

起码人家一问"诸葛亮有什么本事",就会想到:"哦,周瑜、王朗和曹真都是被他气死的。"

曹操经常控制不好情绪,杀了人便后悔,蔡瑁、张允就是被他一怒之下杀掉的,结果导致重大战役的失利。

代价最大的是刘备,为报私仇,把整个蜀国都折损了大半,从此蜀国实力一落千丈,诸葛亮苦苦支撑仍无力回天。

拥有权力的人,必须学会忍耐,美国前总统小布什在伊拉克被记者丢皮鞋袭击,他避过"鞋袭"后从容淡定地讲起了笑话:"这是引人注意的一种方式,就像有人在政治集会上叫嚣是一样的……或许你们想知道,那是一只10号大小的鞋。"后来,中国的房地产商任志强先生也遭遇了类似事件,他的解嘲同样巧妙:"我很荣幸享受到了总统级的待遇。"

谁最会控制情绪?

司马懿是控制情绪的高手,他没有被诸葛亮气死,反过来把对方逼急了。后来他又用装病躲过一劫,成功从曹爽手中

篡权。

其实,三国中情绪控制做得最好的是刘禅。诸葛亮主政的时候,他做一个大权旁落的皇帝,从不抱怨,一直到被囚禁在魏国成为亡国之君,仍能发出"此间乐,不思蜀"的感慨,脸皮之厚,隐忍之深,非常人之所能及。

美国前总统林肯也是情绪控制的高手,当他还是一名国会议员的时候,与政敌道格拉斯发生了激烈的辩论,道格拉斯理屈词穷,竟然在大庭广众之下谩骂起林肯,说他是个丑陋的两面派,林肯面对鸦雀无声的观众,大声回应道:"现在,请大家评评理,要是我真的有另一张脸,你们认为,我还会戴上现在这副吗?"

# 智商管理

作为一种重要的无形资产,智力资源一向都是稀缺的、不可替代的。企业获取智慧的来源主要有两个,一个是加强内部学习,另一个就是利用外脑,魏、蜀、吴三家大企业分别有各自的取才之道。

### 垄断性企业永远是万人迷

曹氏企业是垄断性企业,它对读书人的吸引力太大了,所以它的招聘条件就很高：至少是一类重点大学的研究生，政治背景要好，不能有亲戚在刘氏企业或孙氏企业等竞争对手那里就职，通晓河南话、四川话和江苏话是必要条件，不然派你去当说客还得配个翻译，女性除应聘文秘外一概不要。就这么苛刻的条件，天下读书人还是哗哗地流向许昌，就算当蚁族也巴望着有一天成为曹氏企业的员工。

## 刘氏企业再出股权激励计划

也有读书人不喜欢在垄断性企业的生活，竞争太激烈了，如果上面没人，升迁无望，不如西进南下，寻找更大的发展前途。刘氏企业在刘皇叔的带领下，虽然很长时间都没有在市场上立足，但品牌战略执行得很到位，更为诱人的是它的股权激励计划。经过几轮成功的私募，刘总逐渐认识到股份所有制的巨大好处，所以他不断地强化并对外传播这一优势，加之刘皇叔思想工作做得好，吸引到诸葛亮和庞统这两个具有国际视野的高级人才，发展前景一片大好，不失为一个好去处。

## 孙氏企业员工的学习热情是被逼出来的

后人评说东吴的管理，首推他们建立学习型组织的先见之明，孙权劝学的故事也广为流传，其实孙总也是哑巴吃黄连，无人知其苦，你想想一帮草莽英雄，最爱大碗喝酒、大口吃肉的生活，突然让他们憋在家里看书，怎么可能好受呢，估计头悬梁、锥刺股那招他们也使过。但是孙权确实没办法，他的企业不像垄断性企业有名有利有地位，高层次人才也不肯到他这里啊，就连普通大学毕业的都不愿意来。而且孙权实在没有什么股份能拿来分，他祖辈拼命拼来的江山，他敢给，别人也不敢要啊。最要命的一点是，他的企业成员横竖都是三代血亲和两代姻缘，别人一寻思："公司上下都是他们家的人，我到那里怎么可能受到重用呢？顶多就混个办事处经理，在前线给他们家的人当炮灰？我不干！"所以，现实逼得孙权只能下令号召大家自学。这也给中国的家族式企业提了个醒，如果实在舍不得花大价钱请职业经理人，那就让自己的亲戚们好好学习吧；另外，一定要保持家族内部的团结，外敌可御，内祸难避！多少优秀的民营企业，都是分家分死的。

## 不拘一格降人才

世界上许多事物都是有标准可以衡量的，但是人，尤其是人才，却是个个不同，无法度量。外表是一个人的形象说明书，很多人以为可以通过外貌来判定一个人的出身、才识和前途，但事实证明，眼睛最容易被骗。三国里的庞统是一个不可多得的人才，与诸葛孔明并称龙凤，但他有个很大的缺陷，就是长得丑，《三国演义》里说他"浓眉掀鼻，黑面短髯，形象古怪"，而且不太懂得礼貌，气得孙权说"吾誓不用之"，后来庞统投荆州，刘备"见统貌陋，心中亦不悦"。刘皇叔算是一个心理素质很强的人了，都忍不住恶心，可见庞统多丑了。庞统身上揣着孔明和鲁肃两个人的推荐信，但是不肯拿出来炫耀，可见此人之傲气。但其貌不扬的庞统后来却成了刘备的得力干将，为刘备出了很多好计谋，最后在围攻雒城时战死疆场，年仅36岁。所谓"瑕不掩瑜"，挑选人才时一定要耐心和谨慎。可能有人说，求才当然可以不看外表，但是娶老婆可不行，一定要明星脸蛋、模特身材。《三国演义》里确实记载了很多绝色美女，也大都许配给了当世英雄，那么才貌双全的诸葛孔明的妻子该是什么样呢，怎么也不该输给周瑜的妻子小乔吧？其实，诸葛夫人黄月英是一个彻头彻尾的丑女，据说黄发黑肤、五大三粗，号称"女中张飞"，但黄月英却是不折不扣的贤内助，她"上通天文，下察地理"，甚至孔明先生所学很多都是她启发的，她还是世界上最早发明机器人的工程师，据传木牛流马正是她的大作。

看来不论取贤还是娶妻，都不能只看外表，当然也不能拿着鸡毛当令箭，拿着丑怪当卖点。如果没有足够的内涵支撑，只会留下一个笑柄，因为你不是凤雏，而是凤姐。

## 其实你不懂我的心

俗话说"强扭的瓜不甜"，你得到了某个人的身体，但未必能得到他的心，曹操以徐庶母亲为人质，强行占有了徐庶，可徐庶进曹营后一言不发,终身未为曹操献一计,尽管识破了庞统连环计背后暗藏的玄机,但因心有所向,最终也未告知曹操,使他错过了一个扭转时局的大好机会。如若曹操不采取极端手段,与徐庶好好地培养感情,即使徐庶不愿跟他,至少也不会害他。

相反,姜维以魏降将的身份归附蜀国时很勉强,心想:我以前怎么着也是大企业的人,年薪几十万,有车又有房,各种福利也很丰厚,小日子过得有滋有味,如今你一个民营小企业家,把我招到大西南的山沟沟来,我跟你才怪呢!可当诸葛亮欲把姜维培养成自己的接班人时,姜维不禁感激万分,终于死心塌地为这个民营企业贡献了自己的后半生。正是这份知己之情坚定了姜维助刘氏企业开拓全国市场的决心。

# 愿景管理

愿景管理不是什么高深莫测的理论，它在我们日常生活中有广泛的应用，比如老板拍着你的肩膀说："好好干吧，干好了给你升职。"或者小孩子听父母说："这次考试你如果能及格，喜羊羊和灰太狼一样买一个。"愿景管理的本质是：为某人的理想作保证，让其心甘情愿地付出更多努力。

作为一种有效的管理方法，愿景管理是协调组织一致性和增强团队凝聚力的最佳途径。远在一千多年前的三国时代，古人们就已经很好地运用愿景管理法了。

## 没有愿景，就没有前景

阅尽《三国演义》中的人物，哪个都不是等闲之辈，但为什么只有曹操、刘备、孙权三个人建立了稳定的政权呢？会讲故事，愿景管理法运用得好是很重要的一个原因，而且我们可以发现，《三国演义》中凡是不会许愿景、没有明确目标的领导人肯定都没有好下场。有的人安于现状，得过且过，比如说徐州陶谦、西川刘璋等人，老想着自己有那么一亩三分地做个地主老财就够了——我不偷你的菜，你也别抢我的粮——结果呢，无端遭罪，坐等祸来，人死权落。有的人目光短浅，缺乏规划，典型的是吕布、袁术等人,见异思迁,唯利是图。吕布跟张飞对阵,上来就被骂了一句"三姓家奴",意思说天下人都快成你干爹了。吕布听这话,又气又恼又心虚,这种人怎么可能成大事呢。还有些人骄横惯了,恣意妄为,缺乏危机感,也让手下人觉得非常没有安全感,认为跟着这些人没有什么上升的空间了,时间长了自然就会产生异心。为图一时痛快,跟天下的人都结仇,莫过于董卓,他凶残成性不说,连最得力的助手吕布都没有哄好,吕布心想,连个貂蝉都舍不得让给我,还能指望你什么呢,干脆一不做二不休……后来董卓的手下李傕、郭汜也犯了同样的错误。曹操登上丞相之位后,就吸取了董卓的经验教训,他的公司有很清晰的远景规划,大家都觉得有奔头,这才有了曹氏企业红红火火的发展前景。

## 曹操和乔布斯的说服术异曲同工

190年,曹操刺杀董卓失败后逃脱,不幸在中牟县被俘。中牟县令陈宫不但认识曹操而且还跟他有过节,看到落在手里的旧日冤家,陈宫本打算奚落一番,但曹操临危不惧,而且诉其心志,透漏出号令天下、共伐董卓的宏伟计划,他问陈宫:"你是想终日审决泼皮村妇的鸡鸣狗盗之事,还是想一起打天下,列土封侯?"最终成功说服不满足于做一县之长的陈宫弃官出走,成为自己的第一个追随者。

1983年,乔布斯力邀当时的百事可乐公司总裁约翰·史考利加盟苹果公司,出任CEO。要知道百事可乐可是世界知名的大公司,苹果还是刚从汽车库中走出来的创业型公司,身为跨国巨头公司高管的史考利自然有心理障碍。乔布斯只用一句话,一个愿景,就挖角成功,他对史考利说:"你是想卖卖糖水度过余生,还是想来一起改变世界?"乔布斯给出的愿景是:"卖苹果产品是改变世界,卖糖水则只是一个生意。"史考利深为感动,决定到苹果任职。

可见,曹操与乔布斯的愿景管理有异曲同工之妙。

## 望梅止渴

197年,即建安二年,曹操讨伐张绣,战事不利,途中又遭遇旱情,道上缺水,军士皆有饥渴之怨,为了安定军心,曹操用马鞭指着前方说,前面有一片很大的梅林,正是丰收季节,又酸又

甜,正好解渴。将士们听了,唾液分泌得很旺盛,口水都快流出来,当时就不觉得渴了,都奋力前行。他们到达水源地后却没有发现一棵梅树,这才明白这原来是曹操的计谋,即所谓"望梅止渴"。

## 刘皇叔最善于包装

刘备也是愿景管理的高手,人们都说刘备以仁义立天下,但是假如刘备没有自诩"皇叔"、"汉室国亲",他再仁义恐怕也做不了皇帝,刘备从头到尾就用了一个愿景:"匡扶汉室,铲除奸恶",好一个刘备,他的愿景里不光暗含封爵加赏的许诺,更有道义、名誉之诱饵,古人好名,互相攻来伐去的,都要有个由头,刘备用自己姓刘的优势,摆出一副正统的卫道士姿态。

张飞、关羽是最先被唬住的,一个卖五谷杂粮的小贩、一个杀猪的屠户,哪见过什么"皇叔",这个长得"耳垂肩,手过膝",相貌非比寻常,而且满嘴"汉室、仁义、大业"之类大话的人,早把关、张二人说得心花怒放。"有福同享,有难同当",刘备在自己的愿景中为关、张二人预留了位置,后来刘备一步步发展起来,靠的是关、张二人在战场上赚取的资本。

刘备的另一个得意之作是成功聘请诸葛亮出山。诸葛亮那么有才,而且非常傲,常拿自己跟管仲、伯夷这样的千古贤臣相比,为什么偏偏选择投靠当时一穷二白的刘备呢?有人说是三顾茅庐的诚意打动了诸葛亮,其实未必,如果刘备是吕布之流,恐怕天天去也见不到孔明,只会逼得卧龙先生搬到其他地方去当卧虎、卧豹。真正让孔明动心的，其实是刘备的发展愿景。因为孔明是一个名利兼顾的人，当前能提供这种机会的，也只有刘备了，毕竟人家是皇帝亲自承认的"皇叔"嘛。当然，诸葛亮也有自己的理性分析，曹操那里人才济济，可供发挥的空间不大，而且曹操生性多疑，爱故弄玄虚，搞不好自己哪天就有性命之虞；孙权虽然固守江东，但也限制了他对外发展，况且孙氏集团高层都是亲戚，难免处处受制于人；刘备是皇叔，平时形象树立得也不错，他手下还有多员忠心耿耿的猛将，虽暂时居无定所，但也机动灵活，天下正乱，不愁没有地盘抢。其他人就不考虑了，都是没有远见和理想的主儿。诸葛亮考虑了大半年的时间，正好刘备第三次来请，也就顺水推舟，就此出山下海。

## 愿景管理需灵活应用

愿景管理不是一套固定的说辞，要根据对方不同的兴奋点和欲望有的放矢，这一点在三国时期的说客嘴里有很直观的表现：吕布好财，贪图享受，李肃去说服他时，礼物是赤兔和金珠，而且告诉他，跟着董太师就有享不清的荣华富贵，吕布当时口水就下来了。

很多企业家太低调，只喜欢埋头苦干，不喜欢讲故事、许愿景，偶尔有一些懂得愿景管理的人，都被称做"疯子"、"狂人"。现在看来，许多疯子与狂人都已成为各自领域成功的典型代表了。

马云在互联网还没有普及的年代就开始向大家描述电子商务的美好前景，被称为"狂人马云"，很多人都认为他是个"疯子"，但是马云就是能够一直讲下去，给他的员工讲，跟随他创业的十八位团队成员一直努力支持他；给北京的官员讲，见多识广的领导听完后兴奋不已；给投资者讲，一向以谨慎著称的孙正义毅然给名不见经传的阿里巴巴投入巨资。时至今日，没有人再怀疑马云的远见卓识，人们再谈论他时，也不再称之为狂人了，而是说他是一个出色的企业家。

美国的选举就是一场许诺大会，每个政治家都许给选民一个美好的愿景……

为什么期房能卖得比现房还贵？因为开发商展示了一个很美好的景象：这里是我们投入巨资兴建的水系园林，这里是豪华会所,这里是双语幼儿园,你的邻居都是高素质的精英人士……
这些东西都是沙盘上的模型,甚至只是画册上经过PS的图片,
但却刺激着购房者无穷的想象。这个时候,开发商卖的不仅仅
是房子,更是一种美好的生活。如果是现房的话,因为没有讲故
事的空间了,不能让人有更多的想象了,购房者便总能挑出种
种的不如意之处,所以期房会卖得比现房贵。

第五章
继承人

　　三国时期各个利益集团的多元存在,为各路人才提供了充分的上升空间,"朝为田舍郎,暮登天子堂",每个人都有登堂入室实现个人价值的希望。

　　曹操、刘备、孙权各自有着不同的出身,但通过艰苦卓绝的奋斗,都成就了一番千古传扬的事业。他们

的权力和财富是如何传承的？在继承人的选择上有什么经验教训？

据《福布斯》杂志的统计，中国已经成为亿万富豪人数排名第二的国家，仅次于美国。有句老话叫"富不过三代"，风水轮流转，富二代究竟能否继续富下去，穷二代是否会一直穷下去，已成为人们讨论的热门话题。

## 曹操25选1的非常难题

曹操在当时虽不可一世，但他死后，魏国却渐渐地被司马家族给灭了。曹操一世辛劳打下的江山，一下子土崩瓦解。其

实，这也怪不得别人，只怪曹操找错了继承人。

曹操有头疼的毛病，选继承人难是病因之一。他一共有25个儿子，组成两支足球队还绰绰有余。从25个儿子中选出一个继承自己的事业，确实是个难题。到底选谁呢？

曹操最喜欢的是曹冲。曹冲是他的第七个儿子，由环夫人所生。曹冲可是著名的神童，聪明仁爱，与众不同，"称象"就是他的成名作。曹操几次对群臣夸耀曹冲，有让他继嗣的意思。不过曹冲十三岁时就不明不白地死掉了，有人怀疑是被嫉妒他才华的哥哥曹丕所害。曹冲死的时候，曹操痛苦不已。

曹冲一死，曹操没办法，只得另选接班人。

曹操爱才，除了曹冲，他的儿子中还有一个才华横溢的曹植。

曹植是一个文艺男青年，整天和一帮文人泡在一起喝酒作诗，还爱混娱乐圈，对企业发展经营毫不关心。

曹植有点像希尔顿家族的第四代继承人——帕里斯·希尔顿。帕里斯生来就是希尔顿集团继承人之一，她可以继承的财富每天都在增长，而这个豪门艳女的丑闻也几乎是每周都在涌现。酗酒、吸毒、艳照门——一连串的丑闻让希尔顿家族丢尽面子。

曹操不能选曹植接班，只能立曹丕为太子。

曹操死后，曹丕就坐上了董事长的老板椅。俗话说新官上任三把火，曹丕的每把火都是经过自己对曹氏企业的SWOT分析后点燃的。他的威胁来自于他的亲弟弟曹植，他早就看那小子不爽了，于是搞了个七步诗事件，把曹植弄走了。劣势乃是自身品牌形象不好，导致外界老是一口一个曹贼的，特别是刘备，总是打着匡复汉室的名号要讨伐他们；另外，自己父亲在汉室干了40多年，最后还没有称王，花钱花得没什么底气，特憋屈。优势和机会是企业成立数十年，已是行业中的领头羊，资产雄厚，追随者众，而皇帝主人汉献帝气数已尽，成为瓮中之鳖，正是自立门户的好机会。

于是曹丕当机立断，逼迫汉献帝退位，又抢来传国玉玺，成了大魏皇帝，这下可是名正言顺了。曹家企业率先上市，一时间势头旺盛。

## 曹操选曹丕的理由：一样够无赖

为什么曹操觉得曹丕像自己呢？有一件事让曹操在曹丕身上看到了自己的影子。

公元211年，马腾与黄奎商量要造反杀了曹操，黄奎为内应，负责打开许昌城门，放马腾进城。当夜，黄奎找来苗泽，诱之以利，让他打开北门，迎马腾军入城，剿灭曹操。苗泽思来想去，权衡利弊，竟然向曹操告密了。

结果，马腾父子被杀了，黄奎也被严刑拷打。最终，黄奎熬刑不过，终于供出幕后主谋是曹丕。曹操大惊，立刻杀死黄奎灭口，接着火速召回曹丕，准备审问曹丕。曹丕得到消息，心中害怕得不得了，就向司马懿问计。司马懿跟他说，躲过此祸只有一个办法：赖！因为丞相是"只问结果，不问手段"的人，你要是跪地长泣，他一定会觉得你没有出息，肯定会杀了你。反过来，如果你死皮赖脸坚不认账，他反倒会觉得你是个能办大事的人……曹丕惊问司马懿："你怎么会有这等看法？"司马懿说，我和丞相共事多年，他自己就是这样的人。于是曹丕就听从司马懿的话，一赖到底，不仅保住了性命，还获得了曹操的欢心。

但后来的事实证明，曹操选曹丕还是选错了人。因为曹操虽然"挟天子以令诸侯"，被世人谩骂，虽然"宁教我负天下人，休教天下人负我"的言论为世人所不齿，但他始终没敢篡位。他想给自己留下个好名声。正所谓"鸟之将死，其鸣也哀；人之将死，其言也善"，曹操临死前对他的侍妾们说，我死了，你们不用陪葬，都去嫁人，嫁入民间后记得跟新嫁的老公说，曹操是个大好人，不是什么坏人，是别人抹黑他。曹操临死前的"分香卖履"也显示了其仁善的一面："操令近侍取平日所藏名香，分赐诸侍妾，且嘱曰：'吾死之后，汝等须勤习女工，多造丝履，卖之可以得钱自给。'"

但曹操的名声还是被彻底败坏了，是谁坏了曹操的名声呢？是他亲自选定的接班人，自己的儿子曹丕。

### 曹丕把"汉贼"的帽子给曹操扣结实了

曹丕跟随曹操时间最长，学到了曹操的奸诈，却没有学到曹操的隐忍。曹丕最终把汉贼的骂名，实实在在地扣在了曹操头上。

曹操虽挟天子以令诸侯，但他始终没有称帝，也没有把汉

献帝赶下台。可是，曹丕一上台就耐不住寂寞，逼着汉献帝退位，自己做了帝王，世人把这笔账也算在了曹操头上。

而且，曹丕还很不地道，他老爸"分香卖履"，没让媳妇们跟自己陪葬，但曹丕却让曹操所有的宫女侍妾都留下来服侍自己。后来，等到做了7年的皇帝之后，曹丕自己病重，要不行了，他的母亲，也就是曹操的正妻卞太后前来看望。老太太走进儿子的宫殿，突然发现儿子的那些侍妾太眼熟了，都是当年自己丈夫活着的时候宠爱的人。于是卞太后问她们是什么时候来的，见皇太后发问，这些人哪里敢怠慢，就回答说"正伏魄时过"，意思是说曹操刚死，正给他举行招魂仪式时，曹丕就把她们收了。

曹丕还喜新厌旧，看自己的老婆甄后看腻了就将其杀死，弄得暗恋嫂子甄后的曹植悲痛欲绝。

# 曹操是没选好人，还是故意为之？

　　曹丕篡位，曹操背骂名是因为他没选好继承人，没能让继承人坚持住基本的政治路线。

　　就像当年的巴西首富爱德华多·贵诺，他给儿子若热·贵诺留下了20亿美元的遗产，但却没有告诉儿子继任后该怎么做，结果若热·贵诺就自己发挥，定下了在临死前花光所有家财的计划！不过由于"计算失误"，他提前花光了钱。这个曾与玛莉莲·梦露出双入对、与希腊船王称兄道弟，与美国总统谈笑风生的花花公子，最后竟要靠领救济金度日，在贫困中黯然辞世。

　　但话说回来,曹丕废汉献帝也可能是曹操的刻意安排。这叫给子孙留财富,不如给子孙留机会。清朝的乾隆皇帝也是这么做的。和珅是清朝的第一大贪官,被称为清朝最聪明的皇帝的乾隆,不可能不知道和珅的劣迹,但他为什么不收拾和珅呢?一方面是因为两个人的私交比较好。但更重要的是,乾隆这是在给儿子嘉庆攒钱。

　　嘉庆一继位,就把和珅的家给抄了。当时和珅的财富是国库的十倍,和珅的家财就是乾隆送给嘉庆的登基大礼,所以民间有句谚语叫"和珅跌倒,嘉庆吃饱"。

# 刘蜀失败的双接班制度

我们常用"扶不起的阿斗"来形容某人没出息,但刘备的儿子阿斗真的是一无是处吗?

为什么刘备把人事和营销大权都交给诸葛亮呢?这就涉及刘备自作聪明的双接班政策了。

刘备死前语重心长地交代了诸葛亮两件事,一是他觉得马谡这人不靠谱,光是理论知识丰富,纸上谈兵,没有实战经验,不可重用他。失街亭事件使这个看法得到了证明。另外一件事是,刘备对诸葛亮说:"若嗣子可辅,则辅之;如其不才,君可自取。"其意思很明确,是让诸葛亮辅佐刘禅,如果刘禅不堪大任,他便可以取而代之。

"君可自取"四字,表面看着是让诸葛亮在合适的时机自立为王,但是刘备又拼命要阿斗认孔明为"相父",身为人父,如果篡权,成何体统?诸葛亮一想,自己好不容易才有了今日的权位,可不能把辛辛苦苦建立起来的品牌毁了,这是逼他表忠心啊,于是泪流满面。在之后的名作《后出师表》里,诸葛亮写出了自己的品牌宣言"臣鞠躬尽瘁,死而后已。"

我们不得不佩服刘备的老谋深算,他明知即便刘禅不称职,诸葛亮也不会取而代之,细细想来,好不容易打下的江山,有谁愿意拱手让给外姓人呢?但聪明反被聪明误,正是这看似

高明的双接班制度导致了蜀汉后来的悲剧,双接班制度也成了刘备一生做得最失败的事情。

诸葛亮生前将军政大权独揽一身,并在刘禅身边安插了很多自己的亲信,使刘禅完全成了花瓶,诸葛亮和刘禅也因为这种制度而彼此猜忌,刘禅对诸葛亮的不满在其死后逐渐地显露出来。他废除了丞相制,把军事权和行政管理权一分为二,分别交给了蒋琬和费祎。等到二人死后,刘禅"乃自摄国事",独揽蜀国大权长达19年之久,将诸葛亮对其的长期压抑最大程度地宣泄出来。

诸葛亮主政时,企业正在走下坡路,业绩年年下降,前董事长又去世,危难时刻啊,他一想,进攻是最好的防守,应该扩大规模,兼并其他企业,于是他劝说刘禅出师北伐,无论条件允许不允许都得北伐,阿斗明显是不赞成这个观点的,人家想坐稳龙椅,好吃好喝的,主张"以长策取胜,坐定天下"。孔明一想,你年轻就是资本,可我没那么多时间长策下去了,我匡复汉室的理想还没达成,不行。于是董事长和CEO之间的争论愈发激烈,孔明显然对阿斗非常失望,于是在"鞠躬尽瘁,死而后已"的后面写上"至于成败利钝,非臣之明所能逆睹也"。我就是知道要倒闭,我也还帮着你干。这就是诸葛亮被后人所赞扬的忠义。诸葛亮获得了好名声,但是蜀国却也走到了尽头,六出祁山没有达到理想的效果,姜维九伐中原也以失败告终。这也最终证明了刘备的双接班政策是失败的,诸葛亮能力高却处处受到限制,阿斗无能却控制大权,导致了蜀汉最终的灭亡。

如果孔明自立门户成了董事长，会不会北伐成功？如果阿斗没有诸葛亮，会不会更好地发挥自身才能？这些我们不得而知，但是我们能看到，刘备的如意算盘打空了。中国自古以来就没有副皇帝这一说，中国古代历来也没有权力制衡和利益分享的制度，讲究长子全得，而双接班的战略是注定不会成功的。

## 不爱江山爱玩乐的阿斗

诸葛亮整整比刘禅大了26岁，刘禅17岁继位时诸葛亮都43岁了，两人有明显的代沟。再加上诸葛亮动不动就在刘禅耳边唠唠叨叨，"亲贤臣，远小人"，俩人的关系很难处好。刘禅喜欢

碎碎念的诸葛
戴耳机的刘禅

玩乐，对老爸留下的基业不是很感兴趣，他喜欢善于玩乐的宦官黄皓，却不喜欢和贤臣在一起，因为贤臣往往比较闷，让他觉得很不自在。

很多人都认为阿斗的扶不起，是因为他当年被老爸摔坏了脑子。难道他真的是扶不起来的吗？我们知道刘备共有四个儿子，养子刘封守上庸时拒绝救援被东吴围困的关羽，因而被刘备赐死，幼子也早早夭折了，还剩下两个，一个是长子刘禅，一个是次子刘永，假如刘禅真的是个脑残，以刘备的才德应该不会愚笨到让其继位,并且刘备逝世前,诸葛亮曾感叹刘禅"智量甚大,增修过于所望",意即刘禅非常聪明,超过人们的期望。正因如此,刘备才安心将企业交给了刘禅。

也有人把阿斗的扶不起和蜀国的安稳归结为诸葛亮的鞠躬尽瘁,其实诸葛亮早在公元234年就过世了,刘禅是公元223年登基的,诸葛亮的辅政期不过11年而已,而刘禅真正倒台是在公元263年,他在位41年之久,并且蜀亡之后,刘禅还过了八年的幸福生活,试想如果他没有一定的谋略和智商,怎么可能成为魏、蜀、吴三家中活得最久的富二代?而且他还是三国时期所有国君中在位时间最长的一位。

## 刘禅乐不思蜀,其实是揣着明白装糊涂

降魏后,刘禅被送到魏国都城洛阳,司马昭为了稳住蜀地的局势,没有加害刘禅,而是封他为安乐公,留在洛阳好吃好住,并且连刘禅的儿子刘瑶及随降的大臣樊建、谯周、郤正等都封了侯爵。

有一天,司马昭设宴款待刘禅,席间问他是否想念蜀国。刘禅随口就说:"这里多好玩啊,我不想念蜀国。"后来秘书郎郤正跟他说:"陛下怎么能说不思蜀呢? 如果司马昭再问的话,你应该哭着说:'祖先的坟地都在蜀国,我没有一天不思念。'"果然后来司马昭又问了:"思念蜀国吗?"刘禅用郤正的话回答,欲哭

却无泪,只好闭着眼睛。司马昭说:"怎么听起来像郤正的口吻?"刘禅吃惊地睁开眼睛说:"你怎么知道的?的确是郤正教我的。"司马昭被逗笑了,从此对刘禅也就不设防了。

其实,刘备这一生中最大的失误不是选择了刘禅做继承人,而是没有培养起刘禅对自己事业的兴趣。

延伸解读

## 事业传承比财富传承更重要

创业易守业难,这是眼下家族企业的隐痛。据美国布鲁克林家族企业学院的研究,约有70%的家族企业未能传到下一代,88%未能传到第三代,只有3%的家族企业在第四代及以后还在经营。美国麦肯锡咨询公司的研究结果也差不多:所有家族企业中,只有15%的企业能延续三代以上。有专家表示,中国的情况更糟,三代可能要改为两代。

目前中国的民营企业家遇到的最大难题不是财富传承的

问题，而是事业继承的问题。社会调查表明：中国95%的"富二代"根本不愿意继承父辈的事业。上一代的创富过程，被富二代认为代价太大，他们从小看着父辈失去生活的乐趣，不认同这种生活方式。

　　某药厂老板家财万贯，在人到暮年之时，希望将自己的庞大家业全权交付于从小严加管教，如今即将大学毕业的独生子，使其家族的事业能够传承下去。没想到，儿子对父亲的一片苦心竟毫不领情，对这种财富的传承不屑一顾。他儿子的愿望是成为一名交通警察。虽然儿子从小就崇拜爸爸，却发现开奔驰车的爸爸，谁都不怕就怕交警，他从小立志当一名交警，杀杀老爸的威风。可怜天下父母心，父亲还是尊重了儿子的意愿。可对于老爸来说，噩梦才刚刚开始……儿子的执法地点就在自己药厂门口，专拣上下班高峰期拦老爸的车。日复一日，父亲终于受不了这种"折磨"，最终把药厂一卖了事。

ESPRIT品牌的传承也遭遇同样的波折：1964年，ESPRIT的品牌由Susie Russel和她的前夫Douglas Tompkins在美国旧金山创立。1972年，这对美国夫妇来到处于经济起飞期的香港，寻找新的机会。开服装厂的香港人邢李原成为他们的OEM加工商。精明的邢李原不仅制造成衣，还成为了ESPRIT在香港的销售总代理。三十年河东，三十年河西。ESPRIT的生意做得风生水起，Russel夫妻的感情却出现了问题，两人于1989年离婚，而"富二代"也无意继承父母的制衣事业，用他们的话来说："想起成千

上万条一模一样的裤子和上衣，简直要疯掉。"他们从小想的是创造独一无二的东西。邢李原趁机从Douglas Tompkins手里买下了他持有的ESPRIT股份。并用卖ESPRIT服装赚的钱先后收购了"ESPRIT澳洲"、"Esprit欧洲"，直至成为"ESPRIT"全球品牌的拥有者。

1994年，邢李原跻身香港顶级富豪之列。同年，他与香港名媛张天爱离婚，娶林青霞为妻。

如今的ESPRIT是香港股市唯一一家涉及服装制造和零售业的蓝筹股。目前ESPRIT在全球五大洲44个国家有超过6500个零售门店，公司市值逾160亿港币。

中国的"富二代"不愿继承家业是有深层原因的。劳动密集、低成本扩张是中国前30年发展的真实写照。"富一代"们积累财富的过程枯燥且艰辛，创富之途充满坎坷。时代在变迁，人们的观念也日新月异，中国"富一代"勤奋的精神在"富二代"的身上并没有持续下去。

富一代信奉"财由勤生"，"富二代"却认为是懒人创造了历史：正是由于有些先人比较懒，不愿刀耕火种，所以才发明了犁来耕田；正是因为懒人不愿意走路，所以发明了汽车来代步；有的人甚至连用手刷牙都觉得浪费体力，因此自动牙刷应运而生而且销路畅旺……

富二代玩命干活
富三代玩命享受

富二代不愿意干力气活，就让他们玩去吧，说不定还能玩出一片新天地，拍出比《阿凡达》还好看的电影，顺道改变中国富豪榜上的构成比例。中国的富豪榜上搞房地产的居多，美国的富豪榜上都是搞软件的、拍电影的、搞传媒的、玩体育的——玩家居多。

"股神"沃伦·巴菲特的儿子彼得·巴菲特也并没有继承他老爸的事业。

虽然身为亿万富豪兼投资大师的儿子，但彼得却并没有依靠父亲的庇荫同样从商，而是用仅有的9万美元创业资金——这也是他父亲留给他的全部"财产"，去追逐自己的音乐梦想。

即便过着最简朴的生活,彼得·巴菲特也再没有向父亲求助。

通过不懈的努力，彼得·巴菲特成为著名的作曲家和制作人,并获得艾美奖多项殊荣。如今,彼得·巴菲特被人称为"富豪音乐家",然而,这位"富二代"的财富并非父亲所赐。而沃伦·巴菲特"给子女够做任何事,但不够无所事事的财产"的理念,与老子"授人以鱼不如授人以渔"的见解颇有异曲同工之妙。"有能力的父母应留给子女这样一笔财产：够做任何事,但不够无所事事。在自谋生路这条起跑线上,我得到的财产相对不多,但比大部分年轻人要好多了。追逐梦想的同时,我有责任证明自己具备生存能力,并懂得节俭。"彼得·巴菲特如是说。

财富的传承路径是多元的，正如股神沃伦·巴菲特的儿子彼得·巴菲特并没有选择做投资，而去发展自己的音乐事业。"如果我选择在华尔街开始职业生涯,父亲会帮我吗?我相信他会。如果我提出这个要求,他会不会已经在伯克希尔哈撒韦公司替我安排好一切?我想是的。但无论是哪种情况,我都有责任证明自己具备从事这些领域的才能,而不是简单地选择最轻松的工作。"可见,传承精神远比传承财富重要。

## 孙吴：打江山易,守江山难

打江山容易,守江山难,这句话的最佳体现就是东吴的兴衰史，这个家族企业的创始人孙坚创立了一个地方性企业,当时企业员工并不多,规模也并不大,自己总得四处拉业务。孙坚被杀死后,就把位子传给了儿子孙策。

孙策并不能称为富二代,因为家境还没达到那时的富裕指数。但是这小霸王孙策的个人能力非常突出,他从袁绍那儿进行融资,并不停地招兵买马,扩大企业规模。当时的著名才俊周瑜和鲁肃看到孙策前途不可限量,也加盟他的企业。有这两人加入,孙策如虎添翼,没几年就一统江东了。孙策后被仇家所伤,最终英年早逝。

孙策临死前叫来弟弟孙权,告诉他说,企业开创与开拓我比你强,但是现在企业规模够大了,你的任务是守住这个庞大的家族企业,你比我更会维持企业稳定,接下来就交给你了。之后孙权接掌整个企业。

## 孙权:成功的继任者

孙权当时正当花样年华,18岁,长了一副混血儿的脸,紫髯碧眼,目有精光,方颐大口,也是个少年英雄,他在经营方面的天赋尤为出众,他坚持"砍头的生意有人做,赔钱的生意没人做",和气生财。所以孙权在位期间,其企业的地盘一路扩大。可以说,孙氏企业是经过三代人的努力才取得了成功。

我们熟悉的IT巨头,国际商用机器公司(IBM)的成功可以说是IBM的创始人老托马斯·沃森和他的儿子小托马斯·沃森两代人努力的结果。老沃森是20世纪上半叶最伟大的企业家之一。而小沃森任职期间，IBM为股东创造的财富超过了商业史上的任何一家公司，他在1987年被《财富》杂志称为"或许是当代最伟大的资本家"。小沃森的子承父业堪称完美，他可称得上是美国家族企业中最成功的继承者。

然而富不过三代这句话再次在孙氏家族得到应验，之后的几代一代不如一代。到了孙权的孙子孙皓统治时期，因他本性残暴不仁，杀死好多家臣，导致吴国上下人心惶惶，外加司马家建立西晋，就在这节骨眼上，孙皓居然下令大兴土木，到处拆迁盖楼堂馆所，弄得楼价飞涨，民怨沸腾。

当司马炎一声令下"孙氏企业我要了"，吴国根本无人抵抗，最后天下归晋，庞大的孙氏家族企业轰然倒塌。

## 司马家族步步为营，收魏买蜀又吞吴

与魏、蜀、吴的继承人相比，司马家族的后代是很争气的。

曹魏后期，司马懿一人全权掌控，留给了后代一个前途辉煌的民营企业。而他的继承人司马师却没有他那种忍耐之心，他觉得企业规模已然达到了够资格与曹魏国企叫板的程度，而曹丕逼迫汉献帝让位的场景也不断刺激他，于是收购了曹魏，以其人之道还治其人之身，终于在公元254年，他逼迫太后废掉曹芳，扶植了傀儡皇上曹髦，完全买下这个国企。

司马师的弟弟司马昭和其子司马炎,更是着急开拓市场的野心家。一个收买刘氏所有股份,一个吞并孙氏家族企业,最终实现了整体上市,三国归晋,天下一统。

魏、蜀、吴三国的继承人都没有选好,实在让人叹息。创业容易守业难,企业的生命力能否长久,除了管理,继承人的选择是关键因素。《三国演义》中打天下、坐天下、传天下的故事精彩纷呈,其中蕴含的谋略至今仍有深刻的启迪意义。

第六章
## 竞 争

东汉末年群雄并起，大大小小的公司相继成立，并展开了激烈的市场竞争。在这些公司中，最有名的莫过于曹操的垄断性企业、刘备的股份有限公司、孙权的家族企业。它们之间的争战对现代的商业竞争有何借鉴意义呢？

## 曹氏企业是资源型竞争者

曹操控制了汉献帝之后，东汉公司名存实亡，而原来属于

东汉公司的资源就全部转到了曹操名下。诸葛亮在《隆中对》中写道:"自董卓造逆以来,天下豪杰并起。曹操势不及袁绍,而竟能克绍者,非惟天时,抑或人谋也。今操已拥百万之众,挟天子以令诸侯,此诚不可与之争锋。"

曹氏企业这个垄断性企业是资源型竞争者。在竞争中,资源型垄断企业掌握着话语权。如全球最大的铁矿石生产商巴西淡水河谷公司将2010年出口的铁矿石价格在2009年价格的基础上提升90%。因为拥有资源,所以它就拥有了坐地起价的本钱。

曹操坐拥百万雄兵,势力庞大,各方面的资源都非常雄厚。

　　除了霸占东汉的国有资源,在人才方面,曹操拥有三国时期最强大的谋士阵容,其中包括贾诩、郭嘉、荀彧、荀攸、程昱和司马懿;武将阵容也颇为华丽,打头的便是与刘家五虎将相匹敌的五良将:张辽、乐进、徐晃、张郃、于禁,个个都是文武双全的奇才,更有裸衣而战的虎痴许褚、衷心救主的典韦、怒睖左目的夏侯惇。

　　在市场占有率方面,曹操以许都为中心,拥有凉州、青州、荆州、徐州、兖州、冀州、幽州、并州、司州和扬州的部分地区,这地盘相当大, 就是把孙权和刘备的地盘加起来也比不过曹操的。

　　曹操清醒地意识到公司的竞争其实就是人才的竞争,因此千方百计地吸引人才。他可谓是不拘一格求人才,只要有才,无论人品如何都拿来使用。陈琳在袁记有限公司打工时曾对曹操进行人肉搜索,大爆曹家丑闻,但曹操仍然不计前嫌地对他予以重用。

常言道:"生意好做,伙计难找。"伙计不易找,运筹帷幄、独当一面的将相之才就更难求了。在激烈的商业竞争中,人才战有增无减,愈演愈烈。

## 延伸解读

### 萨耶和卢贝克的"曹操选才术"

美国著名的百货公司萨耶·卢贝克公司的创始人之一理查德·萨耶是靠做小生意起家的,他做梦也没有想到最后生意能做得那么大。他最大的优点,也是他成功的最主要因素,就是善于发现和起用人才。

萨耶起初在明尼苏达州的一条铁路上当运送货物的代理商。这种代理商有个烦心事,就是有时收货人因嫌货不好,拒收货物,代理商若将货物带回,就得倒赔一笔运费。萨耶灵机一动,想出一个新招——邮寄,这样不仅使退货率大为降低,也为买主提供了便利。在这种运送法大获成功后,他寻觅到了命中注定的好搭档,卢贝克。两个人齐心协力,把公司慢慢做大,但是当公司规模大到一定程度后,他俩却心有余而力不足了,于

是，他们萌生了找一个经营者的想法。

一天，萨耶下班回家，看见桌上放着一块妻子新买的布料，心中很不高兴："这种布料我家店里有的是，干吗要去买别人的？"

"我高兴嘛，"妻子任性地说："料子不算太好，但花式流行。"

"我的天！"萨耶嚷起来，"这种衣料去年上市以来，一直卖不出去，怎么会流行起来？"

"卖布的说的。"妻子坦白了，"他说今年的游园会上，这种花式将会流行。"

妻子告诉他，在游园会上，当地的社交界最有名的贵妇瑞尔夫人和泰姬夫人都会穿这种花式的衣服，而且还不许萨耶把这个情报说出去。

萨耶对女人在服饰方面这种"不甘人后"的一窝蜂心理早就习以为常，那两位贵妇可以说是当地时尚界的标杆人物，女人们对她们仰慕的女人，更会盲目地跟着学样。

"这个情报是谁告诉你的？"萨耶对这个问题产生了兴趣。

妻子支吾了半天，终于说了真话："卖布的告诉我的，不过，他叫我不要再告诉其他人。"

萨耶真想笑一场，他明白这全是小布贩的伎俩，只是怕妻子心里不舒服，他才没有把这些揭穿。

萨耶没有把这件事放在心上，甚至他店中的这种布料都被一个布贩买走了，也没引起他的注意。直到游园会那天，全园妇

女中只有那两名贵妇及少数几个女人穿那种花色的衣服,萨耶太太也是其中之一,她喜形于色,出尽风头。游园会结束时,很多妇女拿到一张通知单,上面写着:瑞尔夫人和泰姬夫人所穿的新衣料,本店有售。

萨耶暗自惊讶,有种豁然开朗的感觉,他已觉察出这件事从头到尾都是那个小布贩一手安排的,不禁佩服他的推销手段。

第二天,萨耶约上卢贝克找到那家店铺,只见人群拥挤。等他们走近一看,才发现店门前贴着的大纸上写道:衣料售完,明日有新货进来。那些前来抢购的人,唯恐明天买不到,在预交订金。伙计还一边解释道:"这种法国衣料原料不多,难以充分供应。"

萨耶知道这种布料进货不多,但并非因为缺少原料,而是因为销路不好。他觉得这个布贩的手法实在高超,令人折服。

最后,萨耶和卢贝克找到了这个布贩,三人联手,在10年之中,使营业额竟增长了600多倍。现在,该公司拥有30万员工,每年的售货额将近70亿美元,对比曹操和萨耶,两人在人才的选拔方面都独具慧眼,找到了需要的人才,就只问结果,不问手段,只要能助他成功,他就破格录取!

# 刘氏企业是游击型竞争者

刘备自己有一套战略,那就是游击战。

游击战是一种战术、战法,在特定时期它更是一种武装力量生存的战略思想。说起游击战,不得不提到刘备,他算得上是游击战的先行者。

当初,刘备成立了股份制公司,但是规模不大,顶多算个中小企业。如何将企业做大,使自己的企业拥有更强竞争力呢?刘备采用了"游击战"。

刘备的对手在各方面都比他强大得多,但他坚持了二十多年的游击战略,转战数个区域,用游击来争夺市场。

刘备打游击战有个特点,不大计较一城一地的得失,连徐州这样的大市场丢了,刘备都只说了一句:"得何足喜,失何足忧啊!"这样的气度和胸怀也只有他这样的游击大师才说得出来。刘备习惯了长期没有根据地的游击生活。

像"打得赢就打,打不赢就跑"之类的游击口诀,刘备早就烂熟于心了,而"敌进我退,敌退我进"的招数,刘备也是非常精通的。尽管他有时以大度、谦让作秀,但有利可图的事情他也不会轻易放过,该出手时就出手,绝不含糊。

刘备最惨的时候莫过于三兄弟被打散,丢了妻儿老小,一时之间竟成了穷寇。但是刘备还是刘备,古城两兄弟一聚首,刘备马上筹划东山再起,这种打不烂拖不垮的游击精神,连上苍也会被感动。于是,转战千里的刘备,带着不足一千的人马,去投靠刘表。在荆州地界,刘备访贤,访到了天才职业经理人诸葛亮,终于时来运转。

赤壁之战之后,刘备得了荆州,取了西川,才真正结束了长期的游击生涯,成了一方之主。


## 刘备借无形资产上位,兄弟之间也有"潜规则"


曹操出身于干部家庭,他的公司有许多资源。而刘备一开始不过是个编草鞋卖的农民,还曾被袁术羞辱过,他创办公司的过程就要艰难得多。刘总最初只是拉了一支农民施工队,与关、张两人先后为公孙瓒、吕布、曹操、袁绍、刘表打过工,后来才慢慢发迹,公司逐渐发展壮大。但刘总在一无资金二无人才,甚至连办公场地都没有的情况下,首先想到了可以利用东汉公司品牌这个无形资产。他自称是东汉公司的前总裁的儿子的后人,提高了公司的声誉。当然,任何一个公司的发展都离不开人才,刘总因而"三顾茅庐",请诸葛亮出山。正是靠诸葛亮的旷世奇才,通过兼并刘璋等人的公司,刘总才为自己打下一片河山。后来刘总的公司被兼并也从反面说明了人才的重要性。但是当他拥有人才的时候,他就将这些人才的作用发挥到了最大程度,刘备有个秘诀,一个字,睡!本书《企业文化》一章中也讲

过,刘备的竞争力是"睡"出来的。睡关羽,睡孔明,睡赵云,是个男人他就"睡",祖褪相见嘛,感情就这样快速升温了,你给我暖被窝,我帮你揉肩膀,蜀国上下其乐融融。

## 刘备两大自主品牌在手,竞争力直线上升

刘备手下有两大著名品牌,"孔明"和"关公",一文一武伴他行,干起事来倍放心。

说起关公关二爷,浮现在世人脑海里的无不是威武、忠义的武圣形象,可这种形象也是辛辛苦苦打造出来的。关二哥一开始只是物流公司的业务员,每天拖拖板车,运点货,做点小买卖,之后他遇到了贵人刘备和张飞,于是就告别了物流业,专注于"砍人",一把青龙偃月刀不知砍了多少人,先是PK华雄,之后又接连单挑颜良、文丑,到这时,关二哥已经被炒作成关二爷了,之后他在去河北探亲的途中接连砍杀6名边检站长官,这一下,他的粉丝数量就与日俱增了。

而众多粉丝看中的并不是关二爷的"砍杀"技能,而是"忠义"指数,该性能起源于桃园三结义,当时刘、关、张三人喝血酒、发毒誓,结为生死兄弟。其契约内容的两大核心条款:忠——听老大的;义——讲哥们义气,为兄弟赴汤蹈火、两肋插刀。但三国时代,遵守以上两条规矩的各路英雄数量众多,张飞与赵云也未曾叛主、典韦舍命救曹操、张辽誓死不降,为什么唯

独关羽脱颖而出,独占鳌头?

因为关二爷十分注重个人品牌的打造。

关羽长相"面若重枣,唇若涂脂,丹凤眼,卧蚕眉,相貌堂堂,威风凛凛",外加一把识别度极高的青龙偃月刀,俨然一副明星相。他第一次亮相就做掉了当时的种子选手华雄,一举成名,之后的"打遍天下无敌手"更是奠定了他天下第一刀的威名,但是光有武力怎么能被人记住呢?武功好的人也多得是。

关羽品牌的核心价值是"忠义"。

最著名的事件就是"身在曹营心在汉",曹操送钱送美女送官衔,关羽根本不为所动,一心想着重新为老东家刘备效力。当曹操牵出史上跑得最快的"赤兔马"时,关羽却收下了,这下把曹丞相激动坏了,赶紧问了问原因,于是就出现了"我本心将向明月,奈何明月照沟渠"这句千古名言。关二哥如是说:"这真是一匹好马,有了这马,只要知道我家大哥的消息,我就能很快回到大哥身边了。"

这"忠义"二字被关公发挥得淋漓尽致,于是他的品牌也越做越大,直到现在还响彻海内外。

## 隆中对制订企业战略,提升刘蜀竞争力

刘备刚出道那会儿,除了"大汉皇叔"这个名号外,其他一无所有,没有根据地,打仗也就赢了几次小的,曹操、袁绍、吕布

这些大哥根本都不拿正眼看他,袁术曾极为不屑地对人道:"术生年以来,不闻天下有刘备。"可是这样一个没有竞争力的人,怎么就"一夜成名"了呢?这关键就在于"隆中对"。想要在激烈的竞争中生存下去并且做大做强,需要的是一个整体的企业战略规划。

首先,诸葛亮对刘备说,你既然当了老板,就要有点老板的样子。企业的领路人必须要有宏伟的志向和坚强的意志。刘备自起兵以来,一路坎坷,但是,他从不悲观泄气,始终怀抱澄清宇内、救民于水火的志向不改。诸葛亮十分钦佩刘备这一点。在和盘托出自己的战略构想之前, 他首先了解的就是刘备的抱负,当听到刘备"欲伸大义于天下"的宏伟志向后,才郑重其事地向刘备描绘了他的战略构想。

其次,诸葛亮看出了企业的核心竞争力在于人才,他建议刘备倾全力打造企业的核心竞争力。他对刘备说:"将军既帝室之胄,信义著于四海,总揽英雄,思贤如渴。"

自古以来,不谋全局者不足谋一役。人们的活动总是在一定的历史条件下,一定的客观环境里进行的,无不受时代环境的制约。只有对这些条件和环境了然于胸,才有可能把握大势,制订正确的方针,采取正确的行动。诸葛亮首先向刘备分析了当前的形势:"今曹已拥百万之众,挟天子以令诸侯,此诚不可与争锋。孙权据有江东,已历三世,国险而民附,此可为援而不可图也。"诸葛亮寥寥数语就把时局分析得明白透彻,刘备对他推崇至极,当时就发誓要把他聘请来当高管。刘备谦虚地说自己"智术浅短,迄无所就",希望诸葛亮"开其愚而拯其厄",拜请他出山相助,成就伟业。刘备曾感慨地说:"孤有孔明,犹鱼之有水也。"而历史也证明,孔明确实救了刘老板。

## 根据地型竞争者孙吴,凭贷款获得竞争力

孙吴自从孙坚开始就占据江东,实行根据地策略,牢牢占领着江东市场,谁敢侵犯,就跟谁玩命。就像周瑜对孙权说的那样:"将军以神武雄才,兼仗父兄之烈,割据江东,地方数千里,兵精足用,英雄乐业。"孙权不仅成功地守住了江东根据地,还扩张版图,经营东南,成就了吴国的偌大基业,终使东吴政权成为三国中最长寿的!

我们再来看看既无垄断性资源,也无无形资产可以利用的孙氏企业,是怎么在激烈的市场竞争中站稳脚跟的。答案是,抵押贷款!

孙策是孙坚的长子，字伯符。孙坚阵亡，除了一个传国玉玺，并没有给孙策留下什么，连其生前的兵马也被袁术扣留。十七岁的孙策只身挑起了孙家的大梁，可惜刚到手的人马又被骗子强盗抢了去，自己也差点送命，悲剧地投奔袁术。孙策在袁术手下遭人白眼，私下伤心落泪。然而，他痛定思痛，靠抵押玉玺贷款，从袁术处借得"兵千余人、骑数十匹"杀回江东。贷到这笔款，小霸王孙策就有了底气，他既做统帅，又做先锋，带兵冲锋陷阵，东征西杀，所向披靡，一时威镇三江，地连六郡，夺得大片江东土地，为吴国的建立奠定了稳固的基础。曹操当时正和袁绍抢夺市场，虽然知道这孙策厉害，也是无暇顾及，长叹一声："狮儿难与争锋也！"

孙策声势大振，自霸江东，也被胜利冲昏了头脑。他派人到许都求汉献帝封自己为大司马，曹操怎么能同意这样的要求呢，就没答应。孙策怀恨在心，调兵遣将，准备攻袭许都。有一个名叫许贡的吴郡太守，与曹操有旧交，派人给曹操送信，要曹操早做准备。送信人在渡江时被孙策的防江将士抓获，孙策看到这封信后就把许贡杀掉了。但是许贡的党羽还在，有一次他们与孙策相遇，一箭射中了孙策的脸部。孙策虽然破了相，但还没有生命危险，如果能够遵从医嘱，静养百日可望痊愈，但他依旧雄心勃勃地做着征讨曹操的各项准备。这时又出现了一个蛊惑人心的道士于吉，他力排众议，怒斩于吉，但因心急气躁，脸上的伤口让他痛苦不堪，当他看到镜子里自己的形象惨不忍睹时，拍镜大叫一声，金疮迸裂，不治而亡。他当时年仅26岁，真是

英年早逝。

## 孙策只顾拼命融资，忽视了市场竞争节律

霸业初成的孙策竟死于情绪失控，着实令人叹息。首先，他纵横江东，归附者甚众，即使要一鼓作气，与曹操一决雌雄，也应当顺应民意，做好政治动员，仅仅因为没有得到大司马的虚位就兴师动众，师出无名。其次，他对许贡的处置有失周全。他在初战江东的时候，还是能够礼贤下士的，例如义释太史慈，但是在所向披靡后就自我膨胀起来。他的母亲曾劝过他："汝新造江南，其事未集，方当优贤礼士，舍过录功。"再次，斩杀于吉不得人心。于吉只不过是一个道士，平日能够看些病，因此受到一些人的追捧，孙策却认定人家是妖言惑众，没有把他这个当世英雄放在眼里，于是把于吉杀了，心胸过于狭窄。

如果说孙策命陨一箭是偶然因素所致，那么其盛怒伤身而亡则是人格畸变的结果。孙策的主治医生是华佗的弟子，他曾明确告诉孙策"箭头有药，毒已入骨。若怒气冲激，其疮难治"。如果孙策能够安心养伤，再派人找到华佗，就可以药到病除。但是孙策为人最是性急，恨不得即日痊愈，休息了二十余日就坐不住了。这时候，他又听到曹操的谋士郭嘉说他"轻而无备，性急少谋，乃匹夫之勇耳，他日必死于小人之手"。这是否属于曹操的心理战不得而知，却正好击中了孙策的要害。孙策按捺不住,不待疮愈就再议出兵:"匹夫安敢料吾!吾誓取许昌!"然而此时他已心力交瘁,他的母亲看到他后就流下了眼泪:"儿失形矣!"他啊,本来挺帅气一小伙子,现在他妈妈都快认不出他了!一向自负的孙策竟无法面对现实,精神上的崩溃使他再也无力战胜箭伤,一命呜呼。

孙策之死其实更像现在人们所说的猝死。现代医学研究表明,如果工作过劳,缺少必要的休息,很有可能埋下猝死的隐患。与市场环境变化有周期一样,竞争主体的生存也有自己的节律。

任何事业的成就都不可能是一帆风顺的。对事业发展周期律的自觉利用就是把事业波浪式地向前推进,张弛有度。也就是说,在取得阶段性的成功之后,不妨稍作整顿,养精蓄锐,以便取得新的成功。这并非裹足不前,而是为了避免急于求成的各种弊端。孙策之所以过劳死,是因为他有好高骛远之嫌。孙策在江东的崛起,除了他的骁勇善战之外,客观上是由于当时市场上的主要力量都在逐鹿中原,无暇顾及江东。孙策可以说是钻了大家混战的空子,他虽然具有一定的问鼎中原的实力,毕竟立足未稳,公司成立才没几年呢,怎么就着急海外并购呢?连年战事不断,需要休养生息。时年又遇大旱,在这个时候想与曹操决战,达到"迎汉帝"的目标,显然过于草率仓促,难免诸事不顺。

临死前,孙策终于醒悟了,他在安排身后事的时候对孙权说:"举江东之众,决机于两阵之间,与天下争衡,卿不如我;举

贤任能,各尽其心,以保江东,我不如卿。"只不过他这时候做出的人事安排,对于他个人的善终已经是太晚了,如果孙策能够早些对孙权等人委以大任,自己表现得"洒脱"一些,也不至于如此心力交瘁。

客观环境的周期变化是不以我们的意志为转移的,但是我们可以根据自身各种节律的特点进行适当调整,把各种最佳点运用得恰到好处,每一步都能够趋利避害,踏到点子上,从而取得事半功倍的效果,在必然中获得自由。

科学研究表明,人体内存在着一个以23天为周期的体力盛衰期、一个以28天为周期的情绪波动期以及一个以33天为周期的智力波动周期。企业家不可能始终处于亢奋状态,根据各种周期合理安排自己的工作和生活是必要的。劳逸结合,有利于克服躁动或者盲动的倾向,不仅有助于身体健康,还有助于心理健康。由于工作压力巨大,许多企业家都有强烈的孤独感;现实与理想的反差,也常常会使一些企业家产生强烈的挫折感;甚至有极少数企业家产生了厌世心理,有的甚至采用极端的方式寻求"解脱"。

## 孙刘联盟快速提高两家竞争力

要想在短时间内迅速提高企业的竞争力,毋庸置疑,联盟是最好的办法,强强联手为最佳,找不到强的,与弱小的企业联手也能发挥作用，三个臭皮匠还赛过诸葛亮呢。1+1>2这个定理，在三国里被不停地证实。

　　三国时期最著名的两大联盟事件就是18路诸侯共抗董卓和孙刘联军赤壁破曹，形成三足鼎立之势。

　　在隆中对后，刘备按照孔明的思路开拓市场、统一西南后，作出了"东联孙权，北据曹操"的决策。在诸葛亮和鲁肃的极力推动下，孙刘联盟形成了。刘备想好好发展自己的势力，孙权的

势力刚好成为了他的跳板;而孙权的江东六郡当时正被曹操的虎眼盯上,如何防备成了大问题,刘备和他联盟,开心都来不及。在各自的危机面前,双方义无反顾地选择了联手,于是便有了著名的赤壁之战,一场大火,烧出了三国鼎立。我们看到,在竞争力的各种指标上,孙权和刘备都无法与曹操抗衡,但是孙刘联盟打败了强大的曹操集团。

第七章
公　关

随着社会的发展，人们对公关有了更多的认识和评价，"公关"二字在当今社会里已经成为一种时尚、潮流的代名词。"公关"的作用为什么会被越来越多的人看重？"公关"的魅力究竟在哪里？本章将为您揭晓答案。

## 一次有意义的新闻发布会

董卓横行于朝廷，废掉太子立了刘协做皇帝以后，欺负皇

帝是小孩子,首先给自己封了丞相。每次进皇宫都带着宝剑,也不给皇帝磕头,而且想来就来,想走就走,连招呼也不打。而且晚上就睡在皇宫里,代皇上行权,秽乱后宫,小皇帝也拿他没办法。董卓的行为引得人神共愤,全国上下掀起了讨伐董卓的运动。

讨伐董卓运动的起点是一次新闻发布会。这次会议有周密的部署和安排。曹操刺杀董卓未遂,回到家乡,得到当地富豪的资助,开始招兵买马,他和冀州的袁绍联合,召开了这次全国性的新闻发布会,以"讨伐恶贼,还我大汉河山"之名发起战争。新闻一发出,共有十八路诸侯纷纷带领人马前来会合。全国上下的讨贼热情空前高涨。

这场新闻发布会的成功之处在于,恰逢其时,顺应了民心,把人民的意愿转化成为公司发展的目标。正如高露洁牙膏的广告说的那样:我们的目标是——没有蛀牙!把大众的利益点和企业的愿景相结合,企业的形象必然会有一个良好的提升。为人民服务的企业是必然会赢得人民的好感和尊重的。

魏、蜀、吴这三家企业里是卧虎藏龙,各路精英不胜枚举,各企业中的公关人员也是各有千秋。

## 失败公关令品牌受损

曹操是一个不太重视公众形象、不拘小节的领导,因此总

是使自己公司的形象陷于被人指责的境地。那句"宁教我负天下人,休教天下人负我"令天下人对他印象颇差。但他不思悔改,反倒理直气壮。

正如现在某些企业,在犯了错误的时候不是赶紧承认错误,想办法弥补,而是一味地推脱找借口,因而影响了企业形象。

向来以"精益求精,以质量为生命"的企业精神为指引的丰田汽车,在美国赢得了良好的口碑。而在2010年年初的"丰田召回门"事件中,其公众形象一落千丈。此次丰田败走滑铁卢,质量存在瑕疵是根本,但是失败的危机公关则是关键。

尽管当时召回事件愈演愈烈,但是丰田高管一直没有就此正式发表意见或是声明,在美国运输部长拉胡德严厉批评丰田反应过于迟钝之后,丰田才宣布不惜代价从海外大规模召回车辆。

按照美国媒体的说法,丰田在事件的处理过程中存有故意隐瞒事实的情况,在一系列质量问题发生之后,面对美国车主接连不断的投诉,丰田却采取了令人震惊的遮掩计划,误导政府监管部门和消费者,这犯了危机公关的大忌,导致品牌形象严重受损。

知错能改,善莫大焉。无论是个人还是企业,都要在错误面前以一种从容的方式坦然承认,争取把负面影响降到最小,只有这样才会赢得大众的信任和支持。

## 曹操：这个杀手有点冷

　　曹操生性多疑，还时不时整点幺蛾子的事情，让大家颇为惊讶。也许是他亏心事做多了，经常害怕别人暗中加害于他。一天，他对侍从们说："我做梦的时候好杀人，一旦我睡着，你们可千万别靠近我，不然性命难保。"他为了使众人相信自己的话，在一天晚上睡觉的时候故意蹬开被子，装作受冻而不知的酣睡状态。一个侍从好心为他盖被，结果被曹操拔剑杀死。其他人后来以实相告，曹操猫哭耗子，命人厚葬。这种障眼法迷惑了许多人，大家都以为曹操有特异功能，梦中都能杀人，唯有行军主簿

杨修看明白了曹操使的伎俩,说"不是丞相在梦中,而是我们大家在梦中"。一句话戳穿了曹操的阴谋。杨修聪明一世糊涂一时,因为自作聪明而最终被曹操杀掉了。

电影《这个杀手不太冷》让我们看到杀手冷酷无情背后的那份侠骨柔情,而曹操这个杀手却着实让人不寒而栗。人最怕的不是犯错,而是不知道自己错在哪里,然后还很嚣张地一路错下去。

## 诸葛亮:公关高手

三国时期,诸葛亮是一个出类拔萃的公关高手。

诸葛亮第一次公开亮相是舌战群儒,他一举获胜。当时曹老板把分公司开到沿江两岸,准备武力并购江东,孙氏集团内部人心惶惶。为了联合孙氏集团一同对抗曹操,诸葛亮随鲁肃过江,意图说服孙氏集团的掌门人孙权。孙氏集团高层内部意见很不统一,很多人认为曹操实力太强大了,还是投降保全实力为好。东吴第一谋士张昭首先发难,最后被诸葛亮说得哑口无言,东吴的谋士们一个接一个地诘问诸葛亮,先后有7人之多,都被诸葛亮驳得理屈词穷。诸葛亮在东吴群儒面前雄辩滔滔,与东吴君臣纵论天下大势,指出和战利害,终于说服孙权与刘备联合抗曹,扭转不利形势。诸葛亮这次精彩的论辩为刘氏公司赢得了难得的同盟军,也使公司的品牌形象得到了很好的提升。

这个世界上最难的两件事情是什么？一是从别人的口袋里拿钱，二是改变别人的想法。诸葛亮运用公关的手段做到了第二点，从中可见诸葛亮的智慧，也可见公关的魅力。

通过诸葛亮舌战群儒的公关事件，我们看到了诸葛亮攻人心的高明手段，他不仅善于使用攻心术，还善于利用舆情公关让自己的好名声长久地保持下去。刘备临终托孤的时候，他没有被唾手可得的权势冲昏头脑，因为他知道那样做是有风险的。孔明适时地做了一次媒体公关，及时写就《出师表》，发表于各大媒体，让世人见证自己对朝廷的耿耿忠心。一句"鞠躬尽瘁，死而后已"，不仅让当时的所有人对他敬佩异常，就连现在的我们也对他淡泊明志的高尚情怀赞誉有加。

**延伸解读**

## 用最高明的公关手段享受拿来主义

公关智慧里最重要的一点是资源的整合和运用。诸葛亮用计谋虚张声势，惹得曹操调三千弓箭手向船上射箭，当密密麻麻的箭插满了诸葛亮事先准备好的草人时，曹操方知上当受骗。此时诸葛亮下令收船，还不忘嘱咐大家一定要谢谢曹丞相。将士们齐声呐喊"谢谢曹丞相的箭"，然后高高兴兴地往回走了。这句谢谢，对于曹老板来说应该是莫大的耻辱吧。足智多谋

的诸葛亮不仅通晓公关手段,还熟知不战而屈人之兵的心理战套路。

对于我们而言,要借的不是箭,是公关的智慧。

现如今,各种论坛、年会、酒会、沙龙不胜枚举,其主要功能就是人际沟通和人脉拓展。现在社会上流行富二代培训班,它除了教富二代们如何继承财富和事业外,更是富二代积累人脉关系、整合资源的重要途径。人脉仅仅是资源中的一种,各种机会的把握、各种事件的关联,这一切都是资源,都是可以通过公关手段来整合和运用的。

# 孔明弹的不是琴,是淡定

一个好的公关人才不仅要足智多谋, 还要具备良好的心态。诸葛亮在"空城计"公关事件中的表现就证明了这一点。

当司马懿率领大军直逼城下的时候,城中只剩一些文官和老弱病残的兵,根本不是司马懿大军的对手。诸葛亮稍一沉吟,计上心头,他让士兵打开城门,自己穿上便装,戴一顶便帽,登上城楼悠然自得地弹起琴来。司马懿在城下看了许久,听了很长时间,无论是从对方的表情动作还是所弹奏的琴声中,都看不出丝毫破绽。疑心极重的司马懿怀疑诸葛亮在城里埋伏了重兵。最后还赶紧下令:"马上撤退。"

看着远去的兵马,诸葛亮长吁了一口气。

公关活动是一个与人沟通的

平台,在这个平台上不仅要展现自己的公关智慧,还应该有一颗淡定的心。虽然诸葛亮故作镇静,可是司马懿正是因为看到诸葛亮的淡定从容才放弃进攻。

做企业也应如此,当企业处于危机时,公司领导首先要保持临危不乱,这样一来,团队里的员工才不会乱了阵脚。空城计既挽救了刘氏公司,重整了团队士气,又强化了诸葛亮足智多谋的形象,诸葛亮可谓是公关高手。

## 刘备的特色公关

既然刘备手下有诸葛亮这样的公关人才,那么其本人也必然不是等闲之辈。刘备的公关才能大致可以用大智若愚、大巧若拙、大音希声、大爱无疆这几个词来概括。

### 大智若愚

我们都知道,刘备总是动不动就掉眼泪,其实人家那是外柔内刚的体现。表面上是任人捏的软柿子,实则胸怀治国安邦的鸿鹄之志,而这种远大志向刘备从不轻易表露出来,总是装着一副呆呆的样子,让对手忽视他的存在。

当年曹操出兵寿春,转战徐州,败袁术,杀吕布,官封中郎将、关内侯,威权更盛。汉献帝不甘心受曹操控制,在衣带中放入诏书,令董承设计除掉曹操。刘备这时正依附于曹操,也参与了预谋,但为了防止曹操谋害他,便在菜园种起菜来,一副事不关己高高挂起的局外人做派。曹操青梅煮酒请刘备与之对饮,曹操说当今的企业之中,数得上优秀企业家的也只有你我了,刘备一惊将筷子掉在了地上,正好头顶响雷飘过,刘备借机说是害怕雷声被吓到了。曹操一看此人胆小如鼠,实在愚笨得很,便不再对他有任何防备。刘备因此躲过一劫。刘备这种装愚装傻的大智慧是其高明的公关手段的表现。

现在的很多企业家都应该学习刘备的这种大智若愚,我们不仅要藏拙,还要学会藏锋芒。要懂得韬光养晦,以谦虚、谨慎的心态与人相处,不要总是飞扬跋扈。

## 大巧若拙

刘备非常善于把最优秀的人才招聘到自己的公司,即使再困难也要达到目的。他认为诸葛亮是空谷里的幽兰、天山上的雪莲,不仅珍贵而且难求,于是展开了三顾茅庐的公关计划,任凭诸葛亮怎样刁难他,他就是坚持不懈。

当时已经身为老总的刘备在诸葛亮面前却丝毫没有架子,第一次没见到诸葛亮,刘备没有气馁;第二次没见到,留下信件表达仰慕之情;第三次正逢诸葛亮午休,刘备硬是等到人家醒了方才拜见。见神仙也不过如此了吧。

刘备三请诸葛亮,一没有派人前去,而是亲自前往;二是亲自写信,没有找人传话简单了事;三是宁愿傻等,也不会在不合

适的时机打扰对方。刘备的这些看似笨拙的做法很好地表达了自己的诚意。

与刘备相比,现代人显得聪明多了,请不动的人可以用金钱、美色公关;办不成的事可以用后台、人脉公关。总之,有的是捷径可走。但是,大家都忽略了一点,公关攻的不是计谋,而是人心。

### 大音希声

大音希声的意思是指最大最美的声音乃是无声之音。刘备的哭技是古今闻名的,但他的哭可不是嚎啕大哭,而是默默地流泪。不用说多余的话,眼泪一掉就一切OK!他的眼泪帮他攻占了荆州、赢得了人心、夺取了天下,实在是功高一等。

如今,酒好不怕巷子深的年代已经过去了,产品需要宣传,客户需要维护,市场需要开拓,企业不能默不作声,反而要动用各种媒体资源来宣传公司形象。但是我们要学会在宣传的时候留白,中国的水墨画讲究留白是为了更有意境和韵味,企业作宣传的时候要留白是为了以退为进,提升品牌知名度。水满则溢,月盈则亏,在各商家的大力宣传鼓噪中,适当地安静反而会有更多的回旋空间。

### 大爱无疆

说起刘备的大爱,不得不提到那次携民渡江的公关事件。

诸葛亮、刘备率兵在新野大败曹军之后,移驻樊城,曹操兵分八路前来报复,诸葛亮见抵挡困难便力劝刘备逃跑,刘备不忍抛弃跟随多时的百姓,就在城中通告:"曹氏集团企图收购我们,我们是绝对不愿被吞并的,认可我刘氏品牌的,可随我一同离开这里。"城中百姓皆誓死相随。看人家的品牌忠诚度有多高。看着百姓们拖家带口也要跟随自己,刘备痛苦不已地说,都怪我让百姓如此遭罪,说完还准备投江自尽,幸好被人拦下。当刘备到了南岸发现北岸还有百姓的时候,又赶紧命关羽派船去接,知道所有百姓都过江了,刘备才放心出发。

刘备这种对黎民百姓的爱可以称得上是无疆的大爱,也正是这种大爱使刘备深得民心。

一个企业的老板也应如此虚怀若谷,胸怀大爱。做企业不仅是为了营利,还应该承担起社会责任,履行社会义务。只有关爱消费者的企业才能赢得消费者的尊重和支持。

哥本哈根会议之后的第一个年头2010年,被称为低碳元年,环保话题非常热门,各路商家也纷纷搭乘了绿色经济的快车,在绿色公益的旗帜下履行着自己的义务,为社会奉献一份力量。

爱心是不分大小的,公益是无法被公关的,只有发自内心的真情流露,才能赢得人心,赢得品牌的美誉度。作为企业家,心中应该时刻拥有一份无疆的大爱,恩泽于世,造福于民。

# 关羽的忠义公关

　　"诚者,天之道也;思诚者,人之道也。至诚而不动者,未之有也;不诚,未有能动者。"将诚信上升至天道人伦,这一文化传统在中国绵延千年,忠义成为仁人志士心中的一个准绳。忠义作为儒教的一个重要的思想内容,亦支撑起《三国演义》思想灵魂的骨架。

　　说到忠义,人们不能不想到关羽,降汉不降曹的典故想必大家早已耳熟能详了。关羽因为城中无粮,城外无援兵而陷入困境,丢失下邳之后,张辽去游说关羽。关羽起初不从,欲鱼死网破。张辽说他如果战死,则有三大不义,一是违背誓言,没有和刘备同年同月死;二是没有完成兄长所托,置二位嫂嫂于不

顾;三是怀有一身武艺却没有报国。关羽思量再三,提出了三个投奔曹操的条件:一是降汉不降曹;二是要照顾好嫂嫂;三是如果知道刘备的下落,必定要去寻找。投曹后,一日曹操去见他,赐予他锦袍一件,关羽却将破袍子套在新袍子外面,曹操问之,他说:"旧袍是刘备所赐,舍不得丢掉。"曹操后送他原吕布所骑的赤兔马,没想到关羽居然收下了。曹操疑而问之,关羽说:"有了这个千里马,我可以日行千里回到刘皇叔身边。"可见,关羽始终没有忘记自己的誓言。

尽管关羽曾经杀死了曹操手下的数员大将,但是曹操还是十分敬重他的忠诚守信,只是让手下人阻拦挽留,并没有下令杀掉关羽。曹操的美誉度已跌到谷底了,他不愿再背上杀害天下第一忠义勇士的恶名。

## 周瑜的反公关

作为孙氏企业的公关代表,周瑜的公关才能也是可圈可点的。

周瑜在三江口初败曹军,曹操派蒋干劝周瑜投降。周瑜设下群英会款待这位旧友,大谈东吴兵强粮足的情况,让蒋干无法陈述劝降之意。晚上,周瑜又邀蒋干入帐共寝,故意将假造的曹操水军都督私通东吴的信件让蒋干看到,蒋干中计,偷了书信回去报告曹操,曹操见信大怒,杀了深谙水战的水军都督蔡

瑁和张允。周瑜借此除去了东吴从水路进攻的一大障碍。

　　周瑜不动声色的公关应酬不仅让对方的劝降没有得逞，反而还折损了对方的两员大将，真是一举两得。这也是公关攻心的一个很好的例证，周瑜正是把握准了对方的心思，攻克了对方的心灵防线，才使得事情顺利进展。

　　但周瑜的公关方案也有失败的时候，"赔了夫人又折兵"的公关事件令东吴损失惨重。

　　这次公关失败就是缺乏沟通技巧造成的，虽然公关攻到人家心里了，不过却是成全了人家，白白送上老婆一个。

## 公关创意：追求与众不同

  周瑜的公关水平确实是不如诸葛亮的，经过诸葛亮策划执行的三气周瑜事件，他元气大伤，临终前还愤恨地说道："既生瑜，何生亮！"周郎正应了那句："人比人气死人。"同样英武、智慧的周瑜没有看清楚自身的优势，一味和别人比高下，这种做法是不可取的。尤其是在现代社会，商品同质化竞争如此严重，不提高自身的核心竞争力简直存活不下去。

  在食品市场领域里面更是如此，今天你有纯净水，明天我有天然水；今天你出鲜橙多，明天我出果粒橙。我们去超市里可以看到同一种类型的食品一个货架都摆不完。但针对每一种商品，每个商家都有不同的广告宣传和公关活动。所以，随着社会的发展，这种同质化将会越来越严重，如何将你的产品与别家的区别开来，如何使你的产品从同类中脱颖而出，这个时候，创意就起着非常重要的作用。

## 公关魄力：敢于先声夺人

  一次优秀的公关行为，不仅要有情理之中、意料之外的好创意,还要有敢于先声夺人的勇气和魄力。

2010年南非世界杯终于有了中国企业的身影,"中国英利"成为了赞助商,在世界杯70多年的历史上,这是首次出现中国赞助商,这家民营光伏企业正雄心勃勃地试图借世界杯之力走向世界。随之而来的好处显而易见:指名道姓来要英利产品的海外销售商大幅增加。在成为世界杯赞助商之后,英利在慕尼黑世界新能源博览会上收到了4G瓦的订单,而2010年全球光伏产业总装机量预计也只有10G瓦。

英利的这次先声夺人的公关营销事件不仅让企业一夜成名,而且还带来了实质性的收益。当中国众多商家对赞助世界杯迟迟观望、不敢出手的时候,英利却敢于先声夺人,做了第一个吃螃蟹的人,取得了胜利。


## 公关里的美女效应


美女效应在公关活动中有着不可低估的作用。貂蝉便是三国时期"美女公关"的典型。一说到貂蝉,人们不仅会联想到她的美貌,还会想起对她"红颜祸水"的评价。我们甚至还仿佛看到了褒姒的笑、杨玉环的美。自古美人多败事,貂蝉也不例外地被扣上了祸水的名号,尽管她是为光复汉室,尽管她离间的是国贼父子,但她还是没有受到人们的礼遇。英雄难过美人关,貂蝉其实是美女间谍的鼻祖。

在公关活动中,不仅是貂蝉这样的美女,像诸葛亮、周瑜那样的帅哥也应该加入进来,美的东西大家都喜欢。谈判中、饭局上,有美好的人、事、物的存在,既是一种礼仪的需要,也是一种视觉的享受。古往今来,美不仅有艺术价值,同时更具有经济价值。

第八章
智囊

在三国这片智慧的天空下，可谓群星闪耀，光彩夺目，我们可以看到不同个性与风格的领导者，也可以看到力拔千钧、万夫莫当的英雄猛士，但决定战争胜负的往往却是幕后那些"羽扇纶巾"的书生雅士，三国之争的背后是智囊之争。

## 刘备为何大器晚成

在曹操、刘备、孙权三人中，刘备出场最早，而且他自幼就做着皇帝梦了。可是当曹操、孙权已成大器之时,刘备依旧惶惶然奔波于各路诸侯之间,没站稳一块立锥之地。他先后投奔过刘焉、卢植、董卓、公孙瓒、陶谦、吕布、曹操、袁绍、刘表等人,夹着尾巴周旋于各豪强之间,历练出一整套无与伦比的自我保全、辨识风向的人生经验,但还不是一个以善于识才用人为特长的精明政治家。用他自己的话说,是"命途多蹇";用司马徽的话说,是"落魄不偶"。说白了,他就是白白折腾了20多年。何以如此?司马徽一语破的,曰:"盖因将军左右不得其人耳。"这一论断对刘备像是当头棒喝。

反观他的两个对手,其麾下真可谓人才济济、群英荟萃。

刘备的头号对手是曹操。当荀彧、荀攸叔侄投奔曹操时,曹操高兴地说:"此吾之子房也!"从那一刻起,曹操便自信地宣称,他拥有了张良一般的超一流谋士。尤具震撼力的是,曹操的"唯才是举"是一曲不绝于耳的高亢恒久的咏叹调,他身边的高层次人才频频为他引荐新的谋士、勇士。荀彧上任伊始,便推荐了程昱;程昱推荐了"当今贤士"郭嘉;郭嘉推荐了"汉光武嫡派子孙"刘晔;刘晔又推荐了满宠与吕虔;满宠、吕虔又推荐了毛玠……一个不断完善的多元开放的高层智囊团就这样逐步构建起来。

再看刘备的第二号对手孙权,他继承父兄基业后的第一件大事,便是向周瑜讨教守业之策。周瑜的回答字字千钧:"自古得人者昌,失人者亡。为今之计,须求高明远见之人为辅,然后江东可定也。"周瑜当即举荐临淮义士鲁肃,自此,孙权便拥有了自己的"荀彧";鲁肃上任之初,便推荐了博学多才的诸葛瑾;刚刚由京返吴的张纮又推荐了蔡邕门徒顾雍;加上孙策留下的两大支柱周瑜与张昭,少年孙权一登场便营造了选贤授能的良好氛围。

司马徽对刘备用人症结的诊治,正是发生在激烈的人才争夺战的背景下。刘备的"困龙"状态,正是其人才观念长期懵懂所引发的,司马徽的警示让刘备幡然醒悟。尽管他迟了很多年,但毕竟推出了"人才史"上最经典的礼贤下士范例——"三顾茅庐",获得了"创业史"上最优秀的商业计划书之一《隆中对》,拥有了"智囊史"上最精忠的军师和贤相诸葛亮。诸葛亮为他赢得了荆州,"困龙"终于得以入海;诸葛亮为他赢得了益州,他的称王称帝梦终于得以实现;诸葛亮还为巩固与发展刘氏企业的基业八面应酬,七擒孟获,六出祁山。为了报答刘备的知遇之恩,诸葛亮呕心沥血,鞠躬尽瘁,直至病逝于北伐前线。

## 三个阵营的纳贤之道

中国有句古话:"良禽相木而栖,贤臣择主而事"。这说明用人者的能力和气度直接决定着人才的前途,刘备的魅力主要是道德魅力,曹操的魅力主要是胆识魅力,而孙权的魅力则主要是人格魅力。

刘备自始至终高扬着一面旗帜:温良恭俭让——"操以

急,吾以宽;操以暴,吾以仁;曹以谲,吾以忠;每与操相反,事乃可成耳。"这是刘备的著名宣言。尽管这一宣言的内涵丰富而复杂,尽管从宣言中可以读出浓浓的策略性、手段性、面具性,但它毕竟是很打动人的;再加上他在"三辞徐州"、"携民渡江"、"摔阿斗"等场面中的精彩表演,其独特魅力已显而易见,并形成了一种强大的舆论力量,以至于连他的政敌也不能不承认他是"宽以待人,柔能克刚,远得人心,近得民望"的无敌英雄。赵云投奔他,是看中他宽仁厚德,是"用人之人";徐庶投奔他,是看中他"仁德及人";庞统投奔他,也是看中他是"宽仁厚德之主","必不负平生所学";张松投奔曹操受挫后,转投刘备,同样是看中他的仁义远播、宽仁爱客。

相比之下，曹操是一位个性激扬且雄才大略的叛逆者，他的这种魅力在不同阶段又有不同的亮点。早期，即结盟讨伐董卓时期，他突出展现了勇武精神和组织能力；中期，即除袁术、破吕布、灭袁绍、定刘表时期，他突出展现了进取精神和乐观情绪；后期，即大宴铜雀台、战马超、平汉中时期，他突出展现了大局意识与清醒的头脑。前两个时期的曹操，洋溢着雄才大略的风采；后期的曹操，已历练得老谋深算，既不畏人言、不惮风险，也不利令智昏，不篡汉改元，恰恰是其智商、情商及意志力的超群绝伦之处。在曹操的征程中，有某些人才弃他而去(如陈宫、崔琰等)，但他还是众望所归，"才"源滚滚。有志建功立业者纷至沓来，在三国中构建了最华丽的人才阵容。

而孙权是个很有天赋的情感管理的高手，出场最晚，也最年少，但其吸纳人才的速度，却十分惊人。孙策26岁病逝之日曾安慰其母曰："弟才胜儿十倍，足当大任。"此话并非敷衍。孙权受命后第一次与周瑜对话的主题，正是事业与人才的关系；他做的第一件大事，就是组建智囊团；他还创造性地开设了"招贤馆"，派高级谋士专职"延接四方宾客"，从而迅速开辟了"江东称得人之盛"的局面。更重要的是，他构建了一套完善的用人制度，与部属形成了一种情同手足的莫逆关系。他与周瑜之间一生一世的亲密无间；与鲁肃"同榻抵足而眠"的和谐与随意；以及抚周泰之背、"泪流满面"地让他将"如同刀剜，盘根遍体"的枪伤"与众将观之"、"一处伤令吃一觥酒"的款款深情等，无不真挚可信。孙权坦诚磊落的人格魅力怎能不激发部属的感恩之心与效命精神呢？

## 中国古代的人才流动体制

刘备在关键时刻遇到了知名猎头——"水镜先生"司马徽，他先后为刘备引荐了三位著名的职业经理人：徐庶、诸葛亮与庞统。

"小隐隐于野，中隐隐于市，大隐隐于朝。"这句话道破了中国古代知识精英们的心声，怀才不遇是大部分人的命运，志不得申是身在朝野的另一种苦闷。古代的人才选拔任用机制制约着人才的发展，"水镜先生"这样的猎头毕竟还太少，诸葛亮式的成功可谓是古代举贤的经典案例。

## 现代竞争归根到底就是人才的竞争

从曹魏、刘蜀、孙吴三个集团在人才方面的竞争，可以看到企业要做强做大就必须具备一个强有力的智囊团。现代竞争归根到底就是人才的竞争，这已成为今天企业界的共识。下面我们看一个发生在台湾企业家身上的故事：古有刘备三顾茅庐，今有赵耀东下跪求才。

从1967到1975年，台湾中钢公司在全世界钢铁业不景气的严峻形势下却创造了214亿元的净利润，其因出色的经营绩效，被视为大型钢铁企业中的典范。

在台湾中钢建厂之初，创办人赵耀东即学习刘备，到处寻访诸葛亮。刘备三顾茅庐只请出了一个诸葛亮，赵耀东则请出了许多诸葛亮。他把建厂、建港、采购、贷款、管理等各路英雄好汉全都请齐了。这些人才包括：刘曾适、陈世昌、傅次韩、陈树勋、金懋晖、徐昭怀等。刘曾适是建厂能手，头脑冷静，心思细密，人称"刘电脑"，可惜脾气怪得让人受不了。他一直在基隆和平岛台船公司当协理，李国鼎曾请他主持台船，他坚辞不肯。赵耀东得悉此人后，九顾基隆，才把他请了出来。

另外一怪陈世昌是财经奇才，他借钱的本事，被赵耀东称作世界第一。当年赵要请陈担任中钢的财务顾问，陈硬是不肯，赵不惜下跪表明心迹，不料陈跟着也下跪。两位近六十岁的老男人，就这样对跪了十五分钟，陈世昌最后被赵耀东的诚意打动，成为中钢的财务顾问。

正因为有了这批人才，赵耀东才把台湾中钢塑造成了行业的楷模。赵耀东为求才不惜屈膝的胸襟与气度，至今仍传为美谈。

## 现代咨询公司与企业的关系

"没有一家公司是没有问题的，自称没有问题的公司，我想

# 书为礼，
# 和为贵

蓝狮子读书会由财经作家吴晓波等人士发起并创办，是国内首家提供"商业阅读服务"的机构，它立足于"选好书，读好书"，为中国的管理者提供选书配书、私人书房建设等服务，并以会员制形态搭建商业阅读学习平台和人脉平台。

## 蓝狮子读书会会籍卡，"书为礼，和为贵"。

- ■ 尊贵会员卡礼盒，开卡转赠自由选择，绝对私密；
- ■ 当月配送礼品礼包（含8册精美经典图书、礼物贺卡等）：送礼者高雅，收礼者欢喜；
- ■ 每月以您的私人名义配送3册图书：12个月，月月有礼；
- ■ 精美读书会会员卡＋每月读书手册：让收礼者体验优质阅读生活；
- ■ 超值6场高端读书讲座席位：贴近峰尖人物和前沿思想，物超所值，礼价翻番；
- ■ 每周最优质图书信息速递，引领最前沿资讯风潮；
- ■ 私家阅读顾问服务：应对会员个体需求，提供个性化选书等服务。

他们正在为优质客户提供"最珍贵礼物"

中国银行　交通银行　中国电信　｜　51.com　｜　｜
兴业银行　广东发展银行　上海交通大学　｜　新光饰品

以本单传真入会或购买蓝狮子读书会会籍礼品，即可获赠送：
浙江大学出版社如下图书（任选一种）

全国入会热线：**4006998893**

## 快速提升企业品牌价值和营销业绩

建立你的市场竞争优势：为企业提供超越对手、扩大市场的竞争策略。

产品差异化：为你的产品寻找卖点，引爆市场，创造流行。

品牌差异化：为你的品牌制订发展战略，让你的品牌快速成长，一夜成名；为你的企业导入全员品牌管理，实现品牌提升。

营销差异化：为你的企业制订具有独特竞争优势的营销策略。

传播差异化：让你的广告有创意和销售力，为你省下本要浪费的那一半广告费；让你的100万广告费看起来像1000万。

## 为你的企业建立清晰独特的盈利模式

助你发掘新的商业机会，为企业铸造具有竞争优势的盈利模式，实现市场营销和品牌价值的双重提升。

## 李光斗品牌营销机构服务项目

市场调研　整合营销传播　品牌战略规划　营销策划　影视广告摄制　品牌营销培训　全员品牌管理　新产品上市策划　品牌视觉精致化　公关与事件营销策划　核心竞争策略规划　商业模式设计与规划

## 联系方式

电话：010-84871518、010-84871239

传真：010-84871018

电子邮件：wondersee@vip.sina.com

一定大有问题。"这句话引出的是下面一个小故事。

有一个企业管理咨询师看到一个企业家在餐厅的角落独自喝着闷酒,愁眉不展。他向前说道:"你一定有什么难言之隐,让我来帮您忙吧!"

企业家看了咨询师一眼,冷冷地说:"我的问题太多了,没有人能帮我的忙。"

这位热心的咨询师掏出名片,要这个企业家明天去他办公室一趟。

次日,企业家依约前往,但咨询师并没有替他做诊断分析,只要求他一起出门。企业家不知咨询师葫芦里在卖什么药。

咨询师用车带他到荒郊野地,咨询师下了车,指着前面的坟场对企业家说:"躺在这里的人统统是没有问题的,不管您的问题怎么多,只要有问题,就有存活的希望。"

企业家这才恍然大悟,立刻心悦诚服地接受顾问的指导。

目前,咨询业已经成为企业必不可少的"外脑",对于企业的发展起到了十分关键的作用,咨询师就像企业医生,准确把握着企业的脉搏,一旦企业发展受阻,可以帮企业找到病症的根源和通向市场绿洲的道路。

第九章
领导力

我们常说"兵熊熊一个,将熊熊一窝","强将手下无弱兵",可见领导人的个人能力对整个团队的成败有着至关重要的影响,这里所说的个人能力是带领团队达成某一使命的综合能力,也可称为领导力。吕布被视为三国第一猛将,单挑能力无人能敌,按理说这样的人带出来的队伍摧城拔寨的能力也应该是一流的,但事实上吕布混得相当差,当不上诸侯也就算了,最终还被部下出卖把命给丢了,究其原因就是他的领导力太差了,不懂得如何带领团队作战,是典型的"头脑简单,四肢发达"的勇夫。

曹操、刘备和孙权这三个人，个人的作战能力都敌不过吕布；论战术研究也搞不过诸葛亮；就算拼帅气，也没一个抵得上周瑜的。尤其是刘备，整天哭哭啼啼、婆婆妈妈的，比诸葛亮都像唐僧，他还不敌唐僧，人家至少帅得经常有美女围着转。三英战吕布时，刘备还净瞎捣乱，害得关张二人不仅要打吕布还要保护他。但就是这么一个人却成了雄踞一方的霸主，为什么？因为刘备拥有超群的领导力。

要想成为一个出类拔萃的领导者应该具备哪些方面的领导力呢？

下面我们就从三国的领导层身上寻求一下答案。

## 曹操前瞻性的战略洞察力

曹操最重要的稀缺资源不是人才，也不是财力，是汉献帝。正因为他，曹操才得以"挟天子以令诸侯"，到处开展兼并，那么汉献帝到底是谁送给曹操的呢？不是别人，正是有四世三公深厚家世背景的袁绍。公元196年，汉献帝成功从长安逃出，率领残部奔往洛阳，途中向各路诸侯发布求救信息，袁绍和曹操都收到了，本来袁绍的属地距离汉献帝最近，按理说汉献帝非他莫属，谁知这家伙目光短浅，不听谋士沮授的建议，竟然担心把这个光杆司令接过来会影响自己的地位，最终一兵未发。而曹操知道这个消息后是又喜又忧，喜的是自己图谋天下的机会终于来啦,只要有了这个活宝就不愁未来的发展了,忧的是竞争对手袁绍会捷足先登抢走这块到嘴的肥肉,于是他亲自率领骑兵,快马加鞭500里前往救驾,中途一刻都没休息。

当汉献帝听到有人前来救驾时竟也误以为是袁绍。等到曹操矫诏让天下诸侯讨伐徐州时,袁绍才恍然大悟,后悔当初没有早早动手。

其实曹操历来就有矫诏的习惯,早在袁绍汇集十八路诸侯讨伐董卓时,他就曾携带着所谓的天子密诏向大家陈说讨贼的利害,因为他深知"名不正则言不顺",天子之言正是拓展市场的尚方宝剑,曹操前瞻性的战略洞察力由此可见一斑。

## 曹操人品虽差,但领导力最强

与刘备、孙权相比,曹操是杀人最多的,也是杀名士最多的,华佗、崔琰、杨修、孔融、祢衡、毛阶等皆死于曹操之手。两汉以孝立天下,曹操本身也是因孝道入的仕,按常理孝子应该是个仁义君子,但这位孝子很另类,办的净是一些奸诈之徒所为之事。他逃难投奔表叔吕伯奢,人家好吃好喝的待他,他不感谢也就罢了,反倒灭了别人全家。还有华佗,国宝级的神医,一把年纪亲自出趟诊多不容易,他免了曹操的挂号费,把开颅手术的医疗器械也带上了,这规格恐怕也只有元首级的人物才能享受到。曹操倒好,自己没做手术却把华佗给手术解决了,等到

曹冲重病时他只能眼睁睁地看着爱子无人能救治了。

但曹操也是三国中笼络人才最多的人，他手下的谋士多达百余人，其中不乏才华卓著者，可谓人才济济。为什么一个人品如此差的人却能招揽那么多的治世能人呢？难道这些职业经理人都挣钱不要命了？其实这与曹操超凡的识人用人能力有着密切的关系。

"身体发肤受之父母，不敢毁伤，孝之始也"，在古人眼里，身体是父母给的，爱惜它就是行孝道的开始，不像现在的人们这么开放，嫌自己鼻子和脸太大了就整型，当男人当腻了就变性。三国时曹操的观点其实也很开放，不过他不是为了美容，而

是为了树立自己在团队中的威信,增强团队的自律性。

曹操出征张绣时,为安抚民心,树立自己良好的形象,规定所有人都不准践踏麦田,谁要是违反了就斩首示众。说来也巧了,行军过程中偏偏是曹操的坐骑受惊踩坏了一大片麦田。这可把专管议罪的主簿给难住了,他哪敢处罚曹操啊?搞不好把自己的小命都罚进去了。曹操当然舍不得把自己给杀了,这时郭嘉就以"法不加于尊"向曹操进言,曹操也就顺水推舟,其实他即便不处罚自己,手下人也不会说什么,但为了给自己的部下树立一个典范,他就割下一束头发,并让主簿挑着自己的头发明示三军。这就是"割发代首"典故的由来。

此举充分展现了曹操身为领导者的以身作则的自律能力,如果自己藐视法纪,则很难服众,违法必究则能保证领导者有效地行使权力,进而增强对团体的领导力,树立威望。

土光敏夫在1965年曾出任东芝电器社长。当时的东芝人才济济,但由于组织太庞大、层级过多、管理不善、员工松散,导致公司绩效低落。土光就职之后,立刻提出了"一般员工要比以前多用三倍的脑,董事则要十倍,我本人则有过之而无不及"的口号,来重建东芝。

他的口头禅是"以身作则最具说服力"。

为了杜绝浪费,土光还借着一次参观的机会给东芝的董事上了一课。

有一天,东芝的一位董事想参观一艘名叫"出光丸"的巨型油轮。由于土光已看过九次,所以事先说好由他带路。土光准时到达,董事乘公司的车随后赶到。

董事说:"社长先生,抱歉让您久等了。我看我们就搭您的车前往参观吧!"董事以为土光也是乘公司的专车来的。

土光面无表情地说:"我并没乘公司的轿车,我们去搭电车吧!"

董事当场愣住了,羞愧得无地自容。

原来土光为了杜绝浪费,就以身作则,示范搭电车。

这件事很快就传遍了整个公司,公司员工随即变得节约起来。

## 刘备的价值观带来向心力

火烧新野之后,刘备不忍心丢下20万百姓,坚决要带着他们一起过江逃难,老婆孩子差点全丢了,自己也险些丧命。在逃亡途中,魏延打开襄阳城的城门让刘备进城,刘备又不愿意引起战乱,以免影响老百姓的生活,又往江陵逃去。后来,诸葛亮劝说刘备占领荆州时,刘备又不忍心占领自家兄弟的地盘。在进攻西川的问题上,刘备同样因为刘璋是自己的同宗兄弟,不愿意抢夺西川。刘备时刻以仁义作为自己安身立命的原则,即使面对荆州和西川这样的战略要地也不为所动,这些仁义之举把他成功地塑造成了一个仁爱之君,对其领导力的提升起到了重要作用。

刘备的价值观应该是比较符合正统道德标准的,所以他的仁义也成了刘氏集团的核心价值观,并对企业员工产生了深刻影响。

关羽、张飞和赵云对刘备皆不离不弃。尤其是关羽,当他被曹军围困被迫投降时,他向曹操提出了三个条件:第一是降汉不降曹,二是善待刘备家属,三是一有刘备的消息就走人。处处都体现出对刘备的忠心耿耿,真可谓义薄云天。尽管曹操待其优厚有加,但当关羽知道刘备去向后,毅然千里走单骑弃曹操而去。因为在关羽的价值观中,义字是最重要的。

## 自信成就霸业

曹操、刘备、孙权三人中,刘备的综合条件最差,但他的自信心却最强。我们知道刘备是一个贩卖草鞋的,连张飞都比不上,人家好歹是个个体户,他充其量是一个摆地摊的,要钱没钱,要人没人,但当四世三公的袁绍召集十八路诸侯会盟时,刘备愣是前去应盟了。袁绍背景深厚,手下有几十万小弟,其他十七路诸侯不是刺史就是太守,个个都是中央的红人,而刘备呢,此时手下不过寥寥数骑,关张二人,一个马弓手,一个步弓手。但刘备充足的自信使他敢于冲破心理上的障碍,毫无惧色地前去参加此次高峰论坛。也因此抓住了转折性的机遇,关羽温酒斩华雄、三英战吕布使刘备的公司一鸣惊人,自此名扬江湖。

# 心字头上一把刀

"忍"是心字头上一把刀,可见忍有多难,但所谓的英雄都能忍常人所不能忍。

"小不忍则乱大谋",刘备非常隐忍,这也是身为领导者的重要能力之一。在讨伐黄巾军的时候,刘备救了董卓的命,董卓本来想对他加官晋爵,但得知他是个卖草鞋的就很鄙视,当时张飞就想杀了董卓,但刘备忍了。

刘备在安喜县当县长时,朝廷的督邮下来进行工作检查,向刘备索贿不成,于是辱骂刘备是冒领军功,假称汉室宗亲之辈,刘备是君子动口不动手,仍旧忍了,后来还是自己的把兄弟实在看不过去,把督邮给痛扁了一顿。

徐州本是陶谦送给刘备的,也是他真正意义上的第一个根据地,对刘备来说,其重要程度不言而喻。吕布落荒来投奔他,刘备好心收留还供应饮食,可徐州后来却被吕布给抢了去,刘备非但没有找吕布血拼,反而选择了屈尊小沛。

徐州和小沛被曹操夺取后,刘备选择屈尊在袁绍手下,他又忍了。

和皇帝外出打猎时,曹操以下犯上,众将对其高呼"万岁",刘备虽身为皇亲,但对此又忍了。

……

正是刘备超凡的隐忍力,才使他得以保存实力,为自己争取到了足够的时间和机会,最终成就了自己的宏图霸业。

相比之下,袁术就是个忍不住的家伙,实力没多大,但得到一个玉玺就乐得忘乎所以,急不可耐地要实现自己的皇帝梦,结果招来了曹操的讨伐,皇帝梦成了黄粱一梦。

刘备也有忍不住的时候。

关羽和张飞被杀害后,刘备伤心欲绝,根本无心经营企业,于是召开大会立誓要征讨东吴,踏平江东,为两位兄弟报仇。诸葛亮考虑到当时蜀吴两国的状况,认为此时出兵对己方利少弊多,赵云也力劝刘备,但刘备仍旧一意孤行,结果把自己苦心训练多年的70万大军葬送在了茫茫火海之中。

## 事必躬亲非领导

《韩非子·外储说左上·说五》中记载了这样一件事,魏昭王想自己去处理基层事务,并把他的想法讲给宰相孟尝君听,孟尝君说:"那么,陛下就要先学习法律。"于是,魏王开始学习法律,但学没多久,读了十余简,就开始打瞌睡了。"我没有办法学习法律。"魏昭王说。韩非子认为,作为国君不亲自操控他的权柄,却想参与臣下该做的事情,睡着了也是正常的。

领导者应掌握权力的中枢,但所谓的中枢,就是赏罚的权限,掌握好后,默然地以威势折服人,才是领导者应有的态度;

换句话说，韩非子否定事必躬亲的领导方式，因为这样会事倍功半，尽管自己身心俱疲，也没什么效果。诸葛亮是怎么死的？他是累死的。他事无巨细，全部揽上身，结果确实如他所言"鞠躬尽瘁，死而后已"。

一个企业家，如果凡事躬亲，部下必然缺乏主动性和创造性。"管得少，就是管得好"，刘备算是做到了，放权给了诸葛亮。而在诸葛亮看来，刘备作为董事长，三顾茅庐地把CEO的位子给了自己，让他这个无高学历、无海归背景、无实操经验的人有了用武之地，他对刘董"由是感激，遂许先帝以驱驰"。那个认真劲儿无人能比。

这集权力与大小事务于一身的CEO，可不是那么好当的。诸葛亮又是一个谨慎的人，不轻易用人，大权独揽，小权紧握，连一篇小文章也要自己亲自批阅校对，这样"事必躬亲"，任他有再大的法术也分身乏术，不累倒才怪。最后也没换来什么好结果，"蜀中无大将，廖化作先锋"，仅此抱憾而已。

既然身为管理者，便要充分运用手中的权力，让能人为己所用，各尽其能。所有事情你都做了，别人做什么？无用武之地的企业，又有多少人才愿意逗留？用人不可太过谨慎，放手一试，合理调配，令其取长补短，自可为己所用。

# 领导力最差的领导

张飞是刘备核心领导层中领导力最差的一个，因为他只懂得义字，而不懂得仁字，压根不是当领导的料。他素质差还不爱学习，斗大的字也识不得几个，整天除了喝酒就是打架，在徐州任职时就因喝酒误事害刘备丢了第一个根据地。关羽死后，他极度悲伤，脾气变得更差了，动不动就用鞭子抽人，后来他跑到刘备那哀求出兵为关羽报仇，刘备同意伐吴后，他回到军营，令全军三天之内为关羽披麻戴孝，掌管后勤的张达和范疆认为三天太过仓促，请求宽限，结果张飞暴怒，把两人绑在树上，各抽五十大鞭，他还给二人下了死命令，如果不能按时完成任务就砍了两人。结果两人为了活命，只能先下手为强，砍了他的脑袋，投敌去了。

张飞身为领导不仅不体恤下属，反倒利用职权乱发淫威，最终丢了性命，实在是咎由自取，这也给各位管理者敲响了警钟。

把工作任务分配给自己手下的员工完成，对于大多数人来说，这并不是一个本能的反应，但是能够有效开展工作的管理人员都认同这一点的重要性——不管是出于使自己成为成功的领导者的考虑，还是出于促进整个小组健康发展的考虑。管理者应该知道哪些工作任务应该分配给自己手下的员工，哪些不应该，也应该知道如何帮助员工顺利地完成工作任务。

# 孙吴：和谐管理的典范

　　协调自己与员工的关系也是领导者在团队中重要的职责，高超的协调能力可以有效地激发和提升自己团队的战斗力。

　　曹氏企业的跳槽率很高，隔三差五还有跳楼的。刘备在世时，刘氏企业管理得挺不错，可诸葛亮接管后，不善于和属下搞关系，最终魏延造反。孙权在位期间，整个孙氏企业还算平和，未出现过一个叛臣，这与他高超的协调能力有密不可分的关系。

合肥之战中，孙权10万大军被张辽的800步卒重创，还损失了大将宋谦。孙权本来已经伤痛欲绝了，这时他手下有个叫张纮的谋士当众批评他，说宋谦的死和这次战败都是他轻敌造成的。这个张纮也真不知趣，净在伤口上撒盐，也不说几句安慰的话，搞得领导很难下台，但孙权不但没有责怪他，还坦诚地对他说是自己的错，今后会改。

善于听取下属的意见是三国领导人的共同特点，但孙权的可贵之处在于善于采纳逆耳忠言。荆州之战后，刘备大军压境，孙权几次想与刘备讲和，刘备都不同意。他的谋士赵咨建议他主动向曹丕投降，言外之意就是让他对曹丕称臣，孙权作为一方霸主如果采纳这个建议势必有损自己的威名，但他不但没有治赵咨的罪，反倒夸赞了他，立即就向曹丕写了合作协议，曹丕也欣然同意了，这就使东吴避免了两线作战，得以专心对蜀，争取了战略上的主动，最终也成功地抵御了刘备的攻击。

孙权采纳了下属提出的不中听的意见，不仅让下属感到自己平易近人，拉近了自己与下属的距离，还使自己与下属之间形成了一种和谐自然的关系。

在关羽和张飞被杀后，刘备执意要讨伐东吴，尽管手下谋士和大将都力劝不可出征，他却不但不听还险些将进言者处斩，以致酿成大祸，使蜀国从此一蹶不振。如果他能像孙权一样机智冷静，三国人物中笑到最后的说不定就是他了。

# 领导力的提升

对于企业来说,领导力不仅体现在个人身上,还体现在团队中领导层对领导力的提升上。

前面讲过,孙氏企业是最善于学习的企业,老板孙权不仅自己善于学习,还鼓励自己的下属一起学习,最终建立了一个良性的学习型组织,在江东刮起了一股学习风潮,正是这种先进的学习机制使孙权团队的整体领导力大大增强。当然,这与孙权的领导力也有密切的关系。他是一个识人用人的高手,周瑜33岁时被孙权拜为大都督,鲁肃投奔孙权时才20岁,陆逊更是不到30岁就当上了大都督。这三人中,每个人的领导力都很强,周瑜在赤壁之战中联合刘备军团击败曹操大军,使曹军元气大伤,有生之年再没有进犯过江东。鲁肃更厉害,他为孙权制订了图谋大业的战略性计划。陆逊最早是被吕蒙发现其突出才能的,也是任职前名气最小的,孙权在刘备的大军压境之时重用他,结果陆逊火烧连营大败刘备70万大军,重创其主力,使蜀国元气大伤,这也显现出孙权识人用人的成功之处。

企业领导人的能力对企业的成败具有重要的作用,但它绝不是唯一的因素。俗话说"孤木不成林,单丝不成线",如果企业上下离了领导就运作不了,那么这个企业最终必将走向灭亡,因为领导力不只是领导人的领导力,而是整个领导层的领导力。

微软在没有盖茨的日子里，一样可以笑傲全球市场，就是因为盖茨很重视企业领导力的建设，他深知领导力的提升不只是首席执行官能力的提升，还要增强全体员工的领导力。

对微软来说，领导力的提升不仅是项目、团队领导者的工作，普通工程师也要修炼领导力。微软在内部采用分布式、扁平化乃至颠覆式的架构管理，这样就组建了很多成长型团队，使每个优秀的员工都有可能成为团队领导者，而提升领导力也成了员工自发的需求。

## 化解危机的对外合作能力

任何企业的资源都是有限的，当企业面临资源短缺时，领导者应适时地整合各方资源为己所用，化险为夷。孙权作为三国英豪中的后起之秀，谋略不如曹操和刘备，但他的外交合作能力却颇为出色。

208年，曹操平定北方后，率领80万大军南下欲取江东和荆益之地，企图一统天下。鲁肃建议孙权与刘备合作，共同抵御曹操，并借此抓住统一北方的机会。孙权立即派遣鲁肃前去与刘备洽谈合作事宜，在曹操的攻击下，刘备本打算投奔苍梧太守吴巨，但在鲁肃的劝说下，最终答应和孙权进行战略合作，并派出了自己的代表诸葛亮前去洽谈。

在曹操大军压境的威胁下，刘表的儿子刘琮率部下投降，使得东吴丧失了原有的长江天险优势，此时孙权也接到了曹操的劝降信。东吴的广大员工包括高管张昭在内，都劝说他主动迎降。孙权当然不愿把自己祖上拼抢下来的地盘拱手相让，他毅然决定与刘备合作，共同抵御曹军。此次合作不仅成功地抵御了曹军的进攻，还重创了曹军的主力。

# 曹操、刘备、孙权的形象塑造

## 曹操：从"宦官之后"到丞相

公司名称：大汉曹氏集团公司

公司性质：垄断型集团公司

注册地：许昌

公司口号：宁我负人，毋人负我

职务：CEO

对外名号：丞相

企业家形象：枭雄

公司产品：权力

## 刘备：鞋匠变皇叔

公司名称：刘皇叔匡扶汉室股份有限公司

公司性质：民营股份制公司

注册地：桃园

公司口号：匡扶汉室,拯救苍生

职务：董事长

对外名号：刘皇叔

企业家形象：沉默是金、高深莫测

公司产品：愿景

## 孙权：继承家业的官二代

公司名称：东吴孙氏稳健发展有限公司

公司性质：家族企业

注册地：江东

公司口号：空缺

职务：董事长

对外名号：空缺

企业家形象：中庸

公司产品：信任

这三个人的形象用现代语言总结就是：

皇叔是仁德的,爱民是如子的,特长是会哭的,眼泪是充足的。

曹操是奸诈的，性格是多疑的，手段是毒辣的，下手是无情的。

孙权是中庸的，事业是继承的，胡子是紫色的，眼珠是进口的。

三人的企业家形象各不相同，也有好有坏，但他们的高知名度，都对企业的发展起到了推动作用。

一个有着良好个人形象的企业家，能使自己的企业更受消费者的关注和喜爱。

传播学中的认知平衡论认为，如果公众对一个企业家有好感，也会对其公司的产品和服务有好感，反之亦然。一些企业家由于拥有良好的个人形象，其所在的公司也受到媒体和公众的关注。其实，每一个成功的企业后面都有一个出色的企业家，微软的比尔·盖茨、GE的杰克·韦尔奇、海尔的张瑞敏、联想的柳传志等等，这些企业家的个人品牌，吸引着大众的眼球，带给消费者正面的认知与联想，推动着企业形象的提升。企业家的个人形象就像星星之火，具有燎起整个企业品牌的力量。

美国学者Michael Goldhaber曾在一篇题为《注意力购买者》的文章中指出："获得注意力就是获得一种持久的财富。在信息爆炸的新经济下，这种形式的财富使你在获取任何东西时处于优先位置。"毫无疑问，"个人形象"本身就是一种注意力。因此，在这个充满竞争、充满同质化的年代，塑造出独一无二的企业家形象，会使企业增光添彩，让消费者因你而爱屋及乌。

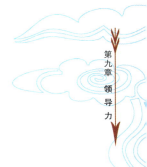

# 曹操的大胸怀和小心眼

作为企业的掌舵人,不仅要胸怀大志,更要胸怀宽广。想想看,手下管着那么多号人,每个人都各有特点,呈现在你面前的是一个万花筒般的景象,没有一个宽广的胸怀,要想管好这么多人可就难了。不仅管不好,还有可能像周瑜一样被气得吐血。

谁的胸怀最大?宰相。因为宰相肚里能撑船。以此推断,曹操曹丞相的胸怀应该是最大的。不错,曹操的胸怀大起来让你觉得不可思议,但小肚鸡肠起来也让人抓狂。

曹操的大胸怀表现在对陈琳的态度上。陈琳原是袁绍的手下,文笔相当了得,用笔骂起人来更是惊天地泣鬼神。他写的"讨贼檄文"把曹操骂得体无完肤。要是曹操像王朗那样心理素质不好,早就被气死了,面对这样骂自己的人,大多数人的做法是除之而后快,但曹操没有,他反而很器重陈琳,让陈琳做了自己的手下。

但曹操也有小心眼的时候。就因为人家杨修看出了鸡肋食之无用,弃之可惜的意思,他就觉得这家伙比他还牛,不能留下,竟把人家给杀了。一个做领导的,居然嫉恨能力强的下属,要是下边都是一群酒囊饭袋,估计曹操也混不到行业老大的位置。曹操在这件事上表现出来的胸怀真如鸡肠一般啊,也给自己的形象抹上了去不掉的灰。

　　作为领导者，首先要具备前瞻性的战略眼光，为企业寻求独特的发展之道，树立正确的价值观。除此之外还要提升自身的领导力，增强团队的自律性和战斗力，只有提升公司的整体管理水平，才能使企业获得永续的发展动力。

# 第十章
## 市场拓展

　　商场如战场,三国时期竞争的重点是抢粮、抢人、抢地盘,现代商业竞争的核心则是抢钱、抢人、抢市场。曹操拓展市场,走的是强势争霸路线,一股独大;孙权、刘备拓展市场,走的是强强联合路线。江湖险恶,竞争激烈,在市场拓展中,要么被对手打败,要么战胜对手。

## 抢市场,三国圈地竞标

　　在三国时期,曹氏集团的地盘最大,市场也最大,一派繁荣

景象。

　　赤壁之战是最大的一次圈地竞标，本来曹孟德是志在必得，怎料战场风云突变，周郎一把火，把好端端的竞标现场搞得火光冲天，变成了杀人现场，曹操的80万人马死伤无数。

　　后来苏东坡到赤壁，在案发现场徘徊良久，写下了那首著名的《赤壁怀古》。从"樯橹灰飞烟灭"一句中，我们可以想象出赤壁之战的激烈场景。曹操这个乱世枭雄以微弱之身起兵靖难，讨董卓、伐袁术、杀吕布、降张秀、灭袁绍、征刘表，打败了一个个竞争对手，获得了北方地区的统治权。这个时候他决定南下拓展市场，把蛋糕做大，一举剿灭盘踞在江东的异己力量。这对于曹操来说，是他整合全国市场的战略举措；而对于孙权来说，可谓孙氏家族企业生死存亡的关键。当时曹操亲率八十万人马奔江东而来，列阵于长江岸，战舰连片，军旗飘拂。江东群臣谈曹色变，胆战心惊，纷纷向孙权提出把市场让给曹操算了，他们去做曹操手下的员工。但是盟军的首席智囊诸葛亮和青年将领周瑜却不把曹操的80万人马放在眼里，决心和曹操在市场上血拼一下，他们指挥若定，谈笑间获得了胜利，曹操拓展江东市场的梦想最终没有实现。

　　当时孙权和刘备一直在荆州这块市场上较劲，曹操一来拓展市场，孙权要么投降曹操，要么联合刘备，如果自己单独对抗曹操，肯定是企业破产、员工跳槽、丢掉市场。

　　接下来，诸葛亮出手向北拓展市场。他五次出击，但未取得重大战果，最后积劳成疾，病逝五丈原，拓展北方市场的梦想也未能实现。

# 孔明提案分天下

市场的拓展,需要周密的计划,光凭勇气不行。刘备在认识诸葛亮之前,连个固定的摊位都没有,也就是个皮包公司,像在路边摆摊的,一遇到城管就得跑,跑得气喘吁吁,关羽、张飞起初跟着刘大哥没少吃苦受罪。

三顾茅庐请出著名策划人诸葛亮后,刘备的生意才越做越大,打下了自己的天下。

"隆中对"就是一次著名的市场策划会议,孔明是这样给刘备提案的:

第一部分是对手分析:一是"今操已拥百万之众,挟天子而令诸侯,此诚不可与争锋"——就是别拿鸡蛋碰石头;二是"孙权据有江东,已历三世,国险而民附,贤能为之用,此可以为援而不可图也"——就是要做个好邻居,不要去人家田里偷菜拔萝卜。

第二部分是市场机遇:"荆州北据汉、沔,利尽南海,东连吴会,西通巴蜀,此用武之国,而其主不能守,此殆天所以资将军……"看看,老天都在资助刘备,想不成功都难。

第三部分是自身优势:刘备具有"帝室之胄,信义著于四海"的声望,利用这个优势,招揽人才,逐步增强政治、经济和军事实力。

第四部分是市场定位:"若跨有荆、益……"这是指取代割据荆州、益州的刘表、刘璋,建立起稳固的根据地,与曹操、孙权三分天下。

第五部分是行动计划:在荆州要"外结好孙权",与孙权建立抗击曹操的联盟。待"天下有变"再分兵两路,"命一上将将荆州之军以向宛、洛,将军身率益州之众出于秦川",如此,刘备"则霸业可成,汉室可兴矣。"

这几个核心观点一说完,刘氏企业发展的战略一下子就清晰了,而后来的市场格局,也确实如此。它从一个中小企业,慢慢发展成集团,这对于目前中小企业的市场拓展,有很大的指导意义。

190

中小企业要赢得市场，谋求发展，需注意以下几个问题。

研究市场——对于中小企业来说，必须了解自身的优势，这是很关键的，就像刘备不要光看到曹操的优势，更重要的是知道自己的优势在哪里。

发现机遇——什么时候都有机遇，但我们要做出准确的判断，是不是真正属于你的机遇，同时面对机遇应该做出怎样的选择。刘备当时被追得到处乱跑，也没闲工夫分析一下自己的优势，所以长处一直得不到发挥。

制订计划——在机遇出现以后，计划怎么做，计划要制订得科学合理，"得陇"仍须"望蜀"。

设计好组织架构——设计好企业的管理机制。如刘备做董事长，孔明做CEO兼策划总监，关羽、张飞做市场部经理去攻取市场。

规避风险——做任何事情都有风险，在开拓新兴市场的时候需要高效、合理地规避一些风险。如果刘备过早地和曹操争锋，想图东吴，无疑是将自己置于风险的漩涡。

"三分割据纡筹策，万古云霄一羽毛"——杜甫如是咏叹。

话说在诸葛亮三分天下的思路下，刘备迂回百折，方达到借荆州有借无还的目的。

荆州已不仅是诸葛亮所说的联吴抗曹的重要据点，更逐渐成为三国政治、经济、军事、文化的交叉点、汇聚点，市场地位极其重要。以点带面，面关全局。刘备借荆州后，谁来镇守已经显得尤为重要——这就是拓展市场后的维护了。

让张飞守护荆州这么一块重要的市场，刘备不至于如此糊涂。那就只有让关羽来做荆州分公司总经理了。

关羽初到荆州上任时，年龄大致在48岁左右，失荆州时，已经乡音无改鬓毛衰了，算算已60开外。就是说关公已经从精力充沛转到力不从心的状态了，基本上不再去实地调研，也就不了解风险四伏了。况且，古人的整体寿命相比今天要短一些，关羽也算是高寿了。即便放在今天，关羽也到了退休的时候了。

维护市场和拓展市场一样，需要举团队之力，即便说关羽老当益壮，但总该从下属中选择一个比较合适的"接班人"。可怕的是，刘备和诸葛亮忙着开拓其他市场，谁也没意识到这个危机，也就顾不上或忘记了选派新官员来协助或者说等候接替关羽。

相反地，在长期想抢荆州市场的孙氏企业中，周瑜、鲁肃、吕蒙、陆逊，走马灯似地换了几代人，新老更替快，思想进步也快，即使关羽不大意，也很难和年轻人一拼高下。

大意失荆州终结了关羽的神话。

市场形势千变万化，千万大意不得。


## 善经营，曹操乱世不乱心


曹操一直想垄断北方市场，他当然不允许别人和他平分秋色。起初在北方市场能和他一争高下的就是袁绍。为了消灭对手，曹操采取了五大策略：一是在袁绍与公孙瓒交战之际，引兵东征，擒杀吕布于下邳，清除了搅局者；二是听从孔融的建议，招安张绣和刘表，稳定市场秩序；三是乘刘备立足未稳，攻小沛，取徐州，围下邳，降关羽，进一步拓展市场；四是封孙权为将军，彼此互不侵犯，划分了势力范围；五是在官渡之战中以机动灵活的战术挫败了袁绍大军，彻底掌控了北方市场。

官渡之战，是两大利益集团的总对决。其在此战中，曹操烧毁了袁军的全部生活物资，导致其生活困难，要吃的没吃的，要喝的没喝的，剑也拿不动，盾牌也举不起。曹军乘势出击，最后袁绍带着仅剩的800骑兵仓惶退回河北。

后来曹操北征乌桓打败袁绍之子袁熙、袁尚，并于碣石山上写下了气势磅礴的《观沧海》：

> 东临碣石，以观沧海。
>
> 水何澹澹，山岛竦峙。
>
> 树木丛生，百草丰茂。
>
> 秋风萧瑟，洪波涌起。
>
> 日月之行，若出其中。
>
> 星汉灿烂，若出其里。
>
> 幸甚至哉！歌以咏志。

当然，曹操有时候也偷懒，在他刚刚平定汉中之时，司马懿就建议："刘备以诈力取刘璋，蜀人尚未归心。今主公已得汉中，益州震动。可速进兵攻之，势必瓦解。智者贵乘于时，时不可失也。"

曹操却大发感慨:"人老不知足,既得陇,复望蜀耶?"从而拒绝了司马懿的建议。

曹操喜欢告诫别人切勿贪心不足,其实需要深刻反省的是他自己。蜀国的谋士法正后来对此曾评论道:"曹操降张鲁,定汉中,不因此势以图巴、蜀,乃留夏侯渊、张郃二将屯守,而自引大军北还,此失计也。"刘备、诸葛亮对这段评论也非常认可。曹操由于一时的安于现状和畏缩不前,留下了无穷的后患。如果他"既得陇,复望蜀",那么刚刚入川的刘备恐怕又要颠沛流离了。

## 竞争心经:进攻是最好的防御

决策者一定要有充沛的进取精神。只有这样,他所做出的决策才富有价值。

《三国演义》中有一个不求进取的典型人物,那便是刘表。他好于坐谈,立意自守,而无四方之志。

建安十二年春,曹操正统兵北征乌桓,刘备建议他乘许昌空虚之际,率荆襄之众给曹操背后捅上一刀。这个好建议刘表根本听不进去,理由是:"吾坐居九州足矣,岂可别图?"

胸无大志,无心进取,又怎能临机决断,雷厉风行?有其父必有其子,后来曹操南征,继刘表之位的刘琮吓得咬破了舌头,心不甘情不愿地奉上大印,献上荆州,最后却落得个在荒野中被劫杀。

刘表的教训对现代的决策者有重要启示：满足，生命的光辉就要熄灭；满足，进取的动力就会停息；满足，事业的前景就会黯淡。

姜维首议北伐，尚书令费祎曾劝阻他"只宜待时，不宜轻动"。姜维答道："不然。人生如白驹过隙，似此迁延岁月，何日恢复中原乎？"古往今来的企业家，无不珍惜时间的价值，争分夺秒地拓展市场。

传媒界大亨默多克有一句名言："如果我们觉得满足了，那么我们就是一个半死的人了。"日本丰田公司有个响亮的口号："不满足是进步之母。"正因为如此，才有了他们不断拓展市场的行动，才赢得了对手的尊敬。

## 刘阿斗，乐不思蜀贻笑千古

赵云在千军万马中救出阿斗，交给了刘备，却被他给摔到地上，这一摔不打紧，摔出了个脑震荡，为后主日后的昏庸无能、不思进取埋下了祸根。

当然，阿斗的傻，并不全是给摔出来的，赵云为了保护阿斗突出重围，把阿斗包在自己厚厚的护甲下面，在几翻拼杀后，阿斗居然没有掉出来，可想包得有多么紧了，长时间这样闷着，阿斗势必要大脑缺氧。这一点在后来赵云见到刘备时的对话中可

以得到证明：刚才公子还在怀中啼哭，现在怎么没有动静啊，坏了坏了，这孩子多半保不住了，可见赵云也感觉到不对劲了。于是打开一看，原来阿斗睡得正香。阿斗是睡着了吗？可能是阿斗包在怀里太久，导致脑部缺氧休克了。这一捂一摔的，当然对阿斗日后的智力发展有很大影响。

刘备退休后，阿斗接班。他基本上就是一个甩手掌柜，军事行政都靠诸葛亮，自己只管些祭祀仪式之类的事情。

阿斗后来的成名不在于他的英明和睿智，而在于他已成为"无能"和"不思进取"的代名词——成语"乐不思蜀"就来源于他。

但阿斗的"乐不思蜀"也可有另一种解读：

原来阿斗不糊涂，更懂为王享乐途。

北伐南征凭相父，日欢夜宴有宫奴。

三分已足能安众，一统何须再累孤。

亏得机灵不思蜀，残躯留住饮屠苏。

其实，现代社会中不乏扶不起来的刘阿斗。比如一些老字号企业，因为老了，骨质疏松、肌肉萎缩，靠国家政策扶起来，可手一松就扑通倒地，更别说去开拓新的市场，连发扬光荣传统都困难。

## 延伸解读

## "老字号"到底怎么了?

制约"老字号"发展的病因,一是抱残守旧。他们沿袭过去家庭作坊式的经营模式,没有引进现代生产方式和管理模式,丧失了活力,适应不了激烈的市场竞争。二是画地为牢。有些"老字号"企业,沿用现成的经营机制、管理机制,思想僵化,面对激烈的市场竞争,不倒真是奇迹。三是故步自封。不少"老字号",特别看重其自身的商品,而不是品牌,无法形成竞争力,想拓展市场却又力不从心。

内部问题没解决,外部压力又泰山压顶。由于行业竞争同质化、品牌保护意识差,一些"老字号"企业的隐退成为必然。

"老字号"如何老有所为?以老大自居的思想最要不得。如果不能根据市场和消费者的需求去实现规模化生产,那么传统产品就不会有出路,或者说有可能萎缩、消亡。我国很多"老字号"传统产品已经绝迹的事实充分说明了这一点。

"老字号"如何老骥伏枥?要老有所学,研发出新技术,这样才能阻挡住跨国公司给国内企业带来的冲击。当然,在考虑技术进步的问题时,一定要把技术与市场、效益紧密结合起来,形成技术支撑品牌、品牌扩大市场、市场增加效益的连锁效应。

"老字号"如何做到老少皆宜,得到不同年龄层次的消费者的认可,成为老少通吃的万人迷呢?拿"李锦记"来说,它的成功

就是"老字号"产品发扬光大的典型。

"李锦记"虽是家族企业，却有文化传承；另外，对品质的重视始终贯穿于企业管理的每一个环节；同时，"李锦记"根据市场的需要，开发生产出了各种酱料，拓展国际市场，从而使产品行销全球。现在，他们又潜心于高档酱油的开发和生产，并瞄准高端市场制订国际化的发展战略。

三国时期，地盘的拓展决定了谁能逐鹿中原。在现代的市场竞争中，没市场就没活路，每个企业都需要找到最适合自己的市场拓展方式，无论是"老字号"，还是"新生代"，锐意进取，才有出路。

第十一章
用　人

　　20世纪末的时候,人们都说,21世纪最重要的是人才,企业之间的竞争就是人才的竞争,最难的是人才管理。其实,早在一千多年前的三国时期,人才就已经成为了决定成败的关键。在斗智斗勇的纷争中,谁能笼络更多人心,使英雄心向往之,谁便能多占领几个城头,"耀武扬威",受众人膜拜。用好了人,建国立业;用不好人,国破家亡。魏蜀吴三国的军事较量,也可以说是领导人人才战略高低的一场较量。

　　曹操为何能广聚人才;刘备如何求贤若渴,礼贤下士;孙权真的用人不疑、忘短而贵长吗? 让我们慢慢道来。

## 一副好面相，"出门便告捷"

首先，刘备出场：不甚好读书；性宽和，寡言语，喜怒不形于色；素有大志，专好结交天下豪杰；生得身长七尺五寸，两耳垂肩，双手过膝，目能自顾其耳，面如冠玉，唇若涂脂……典型一副菩萨模样。

刘备是个什么样的人呢？

《三国志》中记载道："先主之弘毅宽厚，知人待士，盖有高祖之风，英雄之器焉。"

听听他的敌友们怎么说。

曹操青梅煮酒时说："今天下英雄，唯使君与操耳！"刘备从曹操那里跑出后，曹操又说："刘备，人杰也，今不击，后必为患。"

袁绍："刘玄德弘雅有信义，今徐州乐戴之，诚副所望也。"

孙权："非刘豫州莫可当曹操者。"

陈登："雄姿介乎，有王霸之略，吾敬刘玄德。"

刘晔："刘备，人杰也，有度而迟。"

张辅："刘备威而有恩，勇而有义，宽宏而有大略。"

程昱："观刘备有雄才而甚得众心，终不为人下，不如早图之。"

……

在众人眼中,刘备可谓是名副其实的英雄、大好人、圣人一位,与其相貌十分符合。因此,他一开始就得到张飞、关羽的信任,才第一次见面就被拉去桃园结义,还发誓说"不求同年同月同日生,只愿同年同月同日死……背义忘恩,天人共戮"。好似一纸"投名状",把性命都赌上了。刘备这是出门白捡了俩兄弟,得才又得财。

在职场中,长相不能不说起到了很大的作用,虽然这不是好现象,却是一些行业逃不掉的"潜规则"。做促销员的,不能长得跟凤姐似的吧,招不来生意还吓跑了顾客;招聘前台接待员,不能不得体,见不得人,这代表的可是公司的形象;挑选推销员最好选一脸忠厚老实样儿的,这样不会招人厌;就连街边夜市卖花的小女孩也是幕后人员精心挑选出来的,可怜巴巴的小样儿,就是用来对付心软的人的。

据说企业招聘中还有一套相面法则:思想、理智表现在额头,额头广阔,额纹清晰有序,发际不乱的人,一般知识与理论都较清晰;颧骨是权力的对应,两颧饱满而不畸形的人,颇具威严与权力,能慑服人心;从额头到鼻梁到地阁,五官不开或比例太小的人,气度也较小,少有同情心或保守而不善表达;地阁反映执行力、冲劲,地阁弧度和顺、肉丰而不露骨的人,脚踏实地,任劳任怨。若HR都按这种标准来挑选员工,恐怕大多数人在面试前都得先飞趟韩国整个容再回来。其实,不是说长得像伟人,就能成伟人。

# 团结力量大

一个人单枪匹马是难以成事的。成大事者,必定是善于用人之人,为了达到目标任用最合适的人,组成最强的团队。

刘备强就强在"人和",手下聚集了一批令人羡慕的大将和谋士,自己都忍不住自夸起来:"备虽不才,文有孙乾、糜竺、简雍之辈,武有关羽、张飞、赵云之流。"这些人与他亲如兄弟,还一个比一个忠诚——"竭忠辅相,颇赖有利"。这,人是有了,怎么办呢,还是寄人篱下,兄弟面前抬头做人,篱笆底下低头见人,从这里逃到那里,后来逃到南漳,偶遇一牧童,牧童遥指林中庄院,也为刘备指了一条路。

"关、张、赵云,皆万人敌,惜无善用之之人。若孙乾、糜竺辈,乃白面书生,非经纶济世之才。""自夸"言论让刘备在水镜先生面前自惭形秽,好在刘备虚心求教,水镜先生说下一句令其万分动心的话:"伏龙、凤雏,两人得一,可安天下。"这愿景让刘备彻底失眠了。他三顾茅庐,硬把诸葛亮这个人中龙凤给感动了。从此,诸葛亮走上了CEO的道路,一个优秀的团队也组建起来,可以开疆扩土,大展宏图了。

领导者要清楚公司在每个发展阶段需要什么样的人才,并善于甄选人才。在创业初期,一个优秀且职能完善的团队是企业顺利发展的基础,决策者、管理者、执行者缺一不可,就好比

《西游记》里的师徒三人，少了任何一个都不可能完成取经大业，他们有不同的个性，不同的分工，不同的职责，只有四人组合在一起，才能发挥出"整体大于部分之和"的作用。

## 善待他人，会有好报

刘备的前半生一直颠沛流离，很不安定。三顾茅庐之前，他身边的得力助手也只有关、张、赵三人，好不容易来了个徐庶还被曹阿瞒中途给劫走了。刘备一生中的几十个谋士，大多是在他把企业建成后才招过来的，可见刘备在察人方面还略逊曹操一筹，但这些人却因为在刘备的任期内受到重用而红遍三国。

黄忠原是刘表手下的一个中郎将，虽英勇无敌却一直不受重用。后来曹操攻打荆州，他投到韩玄手下做了一名小将，刘备攻打长沙时，黄忠已经年过花甲，但仍力战关羽三日不分胜负，其勇猛可见一斑。就是这样一员猛将，韩玄疑其通敌，险些将其处斩，还好被魏延所救，一起归顺了刘备。

刘备对年迈的黄忠是重用有加，并没有因为他是老年人就轻视他。不过这老黄忠也够硬朗，越老越神勇，不仅助刘备夺取了益州，在定军山还亲斩夏侯渊，黄忠也因此成为取汉中的第一功臣。

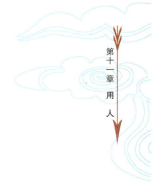

# 我相信你，一切交给你了

刘备向来以"用人不疑，疑人不用"著称，事实证明刘皇叔的眼光向来都是不错的。

被誉为"世界第一CEO"的杰克·韦尔奇有自己的一套管理套路，即团队、用人、放权。2004年6月，韦尔奇在北京与800多名企业界人士一起分享成功之道时说："CEO的首要任务是一手抓种子，一手拿化肥和水，让种子成长。让你的公司发展，让你身边的人不断发展和创新，而不是控制他们。"让员工自由发挥出自己最大的潜力。刘备有了孔明这一伏龙，就放手让他翻江倒海去。刘备是一聪明人，深谙此道，积极放权，做背后的董事长。

自从有了诸葛亮，刘备把军中大事一概交给他打理，自己很少干预。

火烧新野，是诸葛亮出山后的第一战，也是他向新老板一展身手的好机会，但此时他还处在与新公司磨合的阶段，关羽和张飞这两个元老对他不怎么看好，本来"三顾茅庐"的事就让他们很不爽，这次正好是个报仇的好机会。按常理来说，对一个尚不知根底的员工，老板通常不会上来就大放权力，但刘备却一反常态，几乎把所有的权力都交给了他，对其也是言听计从，认真地执行诸葛亮分配给自己的各项任务。本来关张二人心中很不服，一看自己的大哥都这么配合，自然就无话可说了。结果新野一战大获全胜，诸葛亮在军中建立了威信，关张二人对其也另眼相看。

充分的放权保证了有效的执行。刘备深知诸葛亮是新来的，把他摆到这么高的位置，自己的俩哥们肯定不服，但自己如果不给予诸葛亮足够大的权力，第一战根本不可能打赢。

临死前，刘董把阿斗交给诸葛亮辅佐，国家交给他治理，信任之心更让诸葛亮感激涕零，发誓"鞠躬尽瘁，死而后已"。

管理者放权给下属，不仅是减轻自己压力的一种方式，还是凝聚人心的妙法。一个企业，除了董事长以外，还有CEO，还有各个部门经理，应各司其职，如果只一人掌握所有权力，即使有三头六臂也顾不过来。人招来，是拿来用的，不用就称不上"用人"。相信自己的部下，部下也会因这份信任而不负所望。


## 我的地盘听我的，不听者不要


诸葛亮谨慎的性格，在用人方面可谓是表现到了极致。

相传他曾经写了一本《心书》，完整而精辟地总结了自己的用人原则：一是"问之以是非而观其志"，二是"穷之以辞辩而观其变"，三是"咨之以计谋而观其识"，四是"告之以祸难而观其勇"，五是"醉之以酒而观其性"，六是"临之以利而观其廉"，七是"期之以事而观其信"。想必诸葛亮自己应该引以为豪吧。

　　七条用人原则,是通过观察一个人的志、变、识、勇、性、廉、信七个方面,对其才能、品德、个性等进行全面了解之后,才根据实际情况安排职务。

　　所谓管理,就是把合适的人放到合适的位置上去。诸葛亮是在这么做,没错。可是却太过严格,这样的用人方式现在看来简直有些苛刻。人无完人,这七个方面论谁也不可能都做到。可谁让这是诸葛的地盘呢,"我的地盘听我的"。

　　事必躬亲的做法,加上严苛的用人之道,最终导致了蜀国开国之初那种"关、张、赵、马、黄"五虎上将叱咤风云、朝内军中文武人才济济的壮观气象不复存在,取而代之的则是一副人才缺失、无人可用的惨淡场面。

　　关于纸上谈兵的马谡,刘备早就提醒过诸葛亮,这个人"言过其实,不可大用"。当马谡自荐请战时,诸葛亮明知其没有实战经验,却还是令其出征,当时他手下真的没人可用吗?赵云、魏延、吴壹,哪个不比马谡要强?结果可想而知——痛失街亭。挥泪斩马谡又能如何?将错误的人,放到了错误的位置上,必然导致错误的结果。

# 成见误事害人

　　魏延一直崇拜刘备,后来杀了他的上司韩玄投奔刘备。刘备都没有说什么,诸葛亮一见他便要杀掉他,认为魏延"食其禄而杀其主,是不忠也;居其土而献其地,是不义也。久后必反"。当时由于刘备的极力保护,诸葛亮没能杀掉魏延,但他一直耿耿于怀,对其抱有成见。

　　刘备是善于用人的,魏延"善养士卒",所以汉中平定后,刘备力排众议提拔名不见经传的魏延为镇远将军、汉中太守,可见其对魏延的赏识。然而刘备虽是主公,但权力基本下放给了诸葛亮。这可好,平时有什么硬仗、险仗和诱敌诈败,各种得不了功劳的仗,诸葛亮都派魏延去打,而对魏延提出的军事战略和意见却不屑一顾,不予采纳。一个人对另一个人的不满,是很容易就看出来的,诸葛亮对魏延的不满,魏延早就心知肚明,一开始没杀成自己,他就知道诸葛亮不会轻易罢休。但是,魏延却一直服从诸葛亮的命令,这充分显示了一个军人的纪律性——"一切行动听指挥"。平西川,争汉中,擒孟获,斩王双,战张郃,诱司马……魏延屡建奇功,无人能比,是伐中原的第一大将。诸葛亮全不把这些放在眼里,亦不念其功劳,不仅如此,他还犯了最大的一个错误:在没有根据的情况下,就断定其身后必反,然后暗中安排马岱斩杀魏延,酿成了蜀国历史上最大的冤案。

对于马谡,诸葛亮是不该用而用之;对于魏延,他则因偏见而不重用之。可见诸葛亮在用人方面远远不如刘董英明。

## 慧眼识才,面相大师

作为领导者,首要的能力就是察人,选择合适的人才来组建团队是企业发展的先决条件。

"千里马常有,而伯乐不常有。"三国里人才济济,然而似伯乐者却寥寥数人,那么三国里谁最会看面相呢?是曹操。为什么?一个卖鞋种菜的农民经他的慧眼一看,成了一代枭雄,堪与自己比肩。"今天下英雄,惟使君与操耳!"这是他给看似憨厚农民的刘备的评语。

一场战争便勾起了曹操想生个好儿子的欲望,他把"生子当如孙仲谋"的赞叹留给了比他小27岁的初生牛犊。

曹操很早就看出了刘备和孙权的个人潜质,可惜几次拉拢刘备都未成功,反倒让刘备倒打一耙,不仅赚了个皇叔名号还挖走了自己五千人马,可谓是名利双收。

曹操眼巴巴地看着两个最难搞的竞争对手日渐成长,直后悔当初没有早早的动手,到最后把自己熬死了都没能看到这俩人破产。


## 只要你有才,我就要


与刘备不同的是,曹操属于求贤若渴、唯才是举的管理者,"争天下必先争人",三下求贤令便可看出曹操对人才的渴求。在建安十五年春第一次发布的《求贤令》中,他指出"若必廉士而后可用,则齐桓其何以霸世!……唯才是举,吾得而用之。"第三次《举贤勿拘品行令》中更是提出了"各举所知,勿有所遗"。只要有本事,不管他是什么人,都可以推荐,一个都不许遗漏,这就好比孟尝君广收门客一样,只要你有才,肯为我服务,哪怕是鸡鸣狗盗之徒我都要,说不定哪天就派上了用场,有备无患嘛。正是曹操如此颠覆性地用人,才使得其身边始终围绕着各种猛将志士。

正所谓"各有所长,各取所需",曹操因此能够征得助其成就大业的能人，能人们在这里亦可一展抱负。虽然曹操做人的口碑不怎么好，但跟着他还是有奔头的，不然"豪杰冠群英"的郭嘉也不会弃袁绍，投奔曹操。

当德与才不可兼得时，先取才，即"山不厌高，水不厌深"。这是曹操在身处乱世，政治地位不稳定的情况下的一种选择，他需要大量的人才为其所用，巩固自身的地位。可以想象当年他唱着"青青子衿，悠悠我心，但为君故，沉吟至今……我有嘉宾，鼓瑟吹笙"时，是多么地孤独和焦虑，多么渴望众贤归附。

同样求贤若渴的乔布斯说过这样一句话："我过去常常认为一位出色的人才能顶两名平庸的员工，现在我认为这样的人能顶50名。"苹果公司需要大量的创意人才，乔布斯曾说自己大约把四分之一的时间都用在了招募人才上。

## 三国里谁最爱才

人人都知刘备爱才，三顾诸葛于茅庐，力摔阿斗为子龙。

人人都知曹操求贤若渴，却不知曹阿瞒同是爱才之人，曾为典韦惊世两哭，痛失子侄，哪一项都比刘备来的悲壮！

求贤

曹操

典韦死后曹操亲自设祭坛祭奠，对诸将说："吾折长子、爱侄，具无深痛；独号泣典韦也！"这招比刘备干得还绝，刘备爱才也不过是把阿斗摔了一下，更何况还裹着厚厚的棉被，估计力道上也是一个假摔的动作，曹操就不一样了，连儿子、侄子都不要了。手下人一听这话，哪招架得住，顿时声泪俱下。这还不算，第二年来得更绝，曹操路过典韦的坟墓时，突然在马上嚎啕大哭，众人一听吓坏了，不知丞相又犯什么病？这时曹操说想起了去年典韦战死之事，眼泪禁不住就哗哗地流了出来，说罢下马为其燃香祭拜，之后才去看自己的儿子和侄子的墓，旁观者都感叹他爱典韦多于亲人。

在东汉时期，家庭背景和个人出身是当时社会用人的一个重要衡量标准，曹操虽然出身官宦之家，但他从来都不摆公子哥的架子，典韦当年不过是一个四处逃窜的杀人犯，却受到了曹操如此大的器重和礼遇，试问有哪一个员工不愿为这样的领导卖命呢？

## 知人善任，合理调配

西晋文学家左思在《咏史》一诗中写道："何世无奇才，遗之在草泽。"不是无人才，只是被埋没了，没有被善用。说到知人善任，曹操在这方面也尤为出色。

崔琰作风正派，清正廉明，当初曹操询问手下其他主管关于继承人的事儿，别人都不敢说话，只有崔琰大胆地说出把家业给曹丕最好，而且以死捍卫。这样的人放在军中与人斗智是万万不可的，让他说句假话骗个人比登天还难，出门在外不会忽悠，不能左右逢源是会吃亏的，不然也不会有"兵不厌诈"的说法。虽然崔琰说话比较直，但曹操十分欣赏他这样的人，曾称赞道："君有伯夷之风，史鱼之直，贪夫慕名而清，壮士尚称而厉，斯可以率时者已。故授东曹，往践厥职。"曹操让他与同样刚正廉洁的毛玠去做HR，选拔官员，这两人果然不负操望，选拔推荐上来的人才都是德才兼备，大大超出了曹操"唯才是举"的期望。

事实上袁绍袁董事长，武有颜良、文丑，文有田丰、许攸，天下九州，袁有其四，带甲百万，战将千员，势力滔天，可是在官渡之战中却败于曹董。袁董事长失败的原因有很多，最关键的一点是他不懂得如何笼络人才，如何使人尽其才。因此才有许攸"夜投曹操"，"火烧乌巢"，断送了袁绍的灭曹大业，最终吐血而亡。

得人才易，用人才难，用得对更难。美国汽车大王艾科卡若不是受到麦董的善用，只怕奋斗多年也不过是个打杂的。

艾科卡的专业是工程技术。1946年，他开始卖卡车的时候不过是个自命不凡的小子。1956年，刚满30岁的艾科卡进入了著名的福特汽车公司，在当时董事长罗伯特·麦克纳马拉手下工作。那时，艾科卡非凡的管理才能已崭露头角。由于福特汽车公司的推销工作处于困难时期，罗伯特·麦克纳马拉毅然决定让他担任销售部经理，这使艾科卡潜在的销售才能得到了用武之地。半年时间里，艾科卡为福特的买主们制订了每月归还56美元的信用计划，其后便把注意力集中在"猎鹰"轿车破年销售41.7万辆的销售记录上。两战大捷，让麦董看到年轻的艾科卡在销售方面的卓越才干，四年后推举他为公司"轿车"部经理。1970年底，白手起家的艾科卡终于靠自己的才干坐上了企业总裁的位子。在他就任总裁的8年时间里，为福特汽车公司赚了35亿美元的利润，创造了辉煌的业绩。而艾科卡本身也是十分重视人才的领导者，他有句名言："我一直在致力发掘那些能充当最高管理者的人。他们是一些渴望工作、勤奋向上的人。这些人总是想干得比别人期望他的更多，也总是帮助他人把各自的工作干好。"

## 忍辱惜才,不拘小节

曹操非常爱惜人才,为了留住人才甚至可以受辱。有一次陈琳替袁绍写文章骂曹操,而且骂得很难听,把曹操的祖宗三代一起给骂了,后来曹操抓住了陈琳审讯时,问他:"你骂我可以,为什么骂我的祖宗?"陈琳无奈地说:"箭在弦上,不得不发耳。"就是说我当时也就奉命写文章,文思泉涌,酣畅淋漓,骂得痛快,就骂过头了。曹操听了他这含蓄的说辞,心领神会——建安七子之一果然名不虚传,是个人才。曹操不仅没听众人的劝杀之言,反而把他留在身边做秘书。可见其惜才如金,不计前嫌。

不计前嫌用人的事儿曹操可没少做。他手下的打工仔,很多都是像陈琳这样曾经是敌人的手下。三战徐州之后,他收降吕布部将张辽、臧霸、孙观等人;官渡之战,他收编了投靠的袁绍大将张郃、高览等人……其中张辽、张郃与乐进、于禁、徐晃并称为五大良将。

所以我们大致也能说曹操还算个好人,只要你不惹到他,不像杨修那样挑战他的权威,让他丢脸,他基本上还是个和善可亲的大胡子叔叔。如果你是个不可取代的人才,那么他肯定待你不薄。利用别人,总得给人以好处,这点常识曹操还是很懂的。

# 喜欢崇拜爱VS羡慕嫉妒恨

话说曹操因深患"爱才癖",导致其唯才是举,不拘小节降人才,将别人的勇将谋士都收归己有,尤其是对关羽关大爷垂涎已久。

"素爱云长武艺人才,欲得之以为己用",逮着可能收服关公的机会,曹操是使出浑身解数,而这大义的关公,似乎从未给过曹操好脸色看。曹操也不怒,动辄"叹服关公不已"、"真义士也"、"将军真神人也",就连关羽留书离去,曹操也是一句"不忘故主,来去明白,真丈夫也。汝等皆当效之",由他去了,可见曹操对关大爷"喜欢崇拜爱"到了什么程度。

不仅仅是对关羽,赵云也是曹操一直想撬到手的大将。可惜人家都对刘备忠心耿耿,死也不愿意跳槽,曹操也对刘备也只能是"羡慕嫉妒恨"。

曹操说"生子当如孙仲谋"。在这个天下英雄皆不入其眼的曹操心中,竟然希望生个孩子能像孙权一样,便可知孙权乃何等人物。

家族企业向来是较为稳定的企业,经济实力雄厚,人脉资源极广,这贵族出身的孙权,并不是坐享其成、坐吃山空的纨绔子弟,乃"聪明仁智,雄略之主",能"容贤蓄众,令海内望风"。可以说,孙权是凭着自己的人格魅力,令四海能人志士闻风而来。而在用人方面，亦恩威并施。

孙权的雄厚家财，在很多方面都为自己用人带来了不少的方便。史书都说"孙权善抚将士，能得臣下死力，将士都愿以身事主"。仁心大发抱个遗孤来养；大将抱恙，值千金悬赏名医……这都算不得什么，大恩大惠是管理的手段，鼓励员工的一种方式，让卖命的员工们看到孙董是多么体恤他们，让外界看看"跳楼事件"是绝对不会在本公司发生的。

或许身为君主，孙权有自己的不安全感，虽然偏安一隅，但压力也很大，要知道贵族一般都有贵族的脾气，他可不会希望父辈江山毁于自己手里。孙权偶尔也是要给部下施加一点压力的，既是对他们的提醒，又能让自己"发泄发泄"。

家族企业自有"家族病"。臣子们也会有慵懒、懈怠之心，为了防微杜渐，孙权就曾与张昭对骂公堂。张昭是几代老臣，孙策临死时将孙权托付给他，令他辅佐其弟。说来，张昭也算是孙权的师父，而且为人耿直忠诚。就是这样一个老臣，孙权一直故意不让他做丞相，二人多次发生冲突，口舌之争不少。孙权甚至说："全公司的人在公司的时候把我当老大，出了公司就认你做老大，我本来挺尊敬您的，可这样的状况让我把脸放在哪里。"一句话让张大爷哑口无言。可见，孙权故意不让其做丞相正是为了避免其自命不凡，倚老卖老，从而威胁到自己的地位，现世不安，不可内乱。

在现代，与孙权用人异曲同工的是台塑集团的用人之道：压力管理和奖励管理。当年王永庆任董事长的时候，每天中午都在公司里吃饭，饭后在会议室里召见各部门主管，让他们汇报工作，然后会据此提出很多犀利的问题，常常让主管们不知所措。为了应付每天的"午餐汇报"，主管们每周的工作时间不少于70小时，把自己所管辖部门的大事小事都弄得清清楚楚，有问题立刻解决问题，并进行分析研究，不敢怠慢，这样才能过关。据说由于压力太大，又正值午餐时间，很多主管人员都患有胃病，被称为"台塑后遗症"。

相反，台塑的激励机制也是非常诱人的，算得上是"大恩大惠"。台塑的激励分两类：一类是物质的，即金钱；一类是精神的。金钱奖励以年终奖金与改善奖金最有名。王永庆私下发给管理人员的奖金称为"另一包"（公开奖金之外的奖金）。"另一包"又分为两种：一种是内部通称的黑包；另一种是给特殊有功人员的杠上开包。早在1986年，处长高专级主管的黑包就达到了20万~30万新台币，经理级人员的则达到了100万元新台币。业绩好的经理们每年薪水加红利可达四五百万新台币，少的也有七八十万新台币。如此利诱，员工们怎能不誓死效力。

曹操、刘备、孙权在人才争夺中争夺天下，在争夺天下时争夺人才，大都能够做到爱惜人才、知人善任。但每个人都有自己的脾气，谁都难免为了自己的利益不受侵犯而一时冲动。

在现代社会，各大高校每年输出大学毕业生数百万，于企业而言则是"得人容易用人难，培养人才更是难，留住人才难上加难"。

现在的企业主在现实和利益面前由于做不到完全"疑人不

用",最后大都很难做到"用人不疑":是人才,用了人才,又怕连人带钱一起跑了;不用人才吧,又总叹息人才太少,能者大都请不起或流失得太快。虽说薪资问题是雇员跳槽的主要原因之一,但是除此以外大多数跳槽者谈及跳槽原因时都表示新公司有更好的发展空间或培训机制,薪资不过是一个最明显的表现罢了。如果一个公司的人员流动过于频繁,那么企业主就不得不反省一下公司自身是否存在问题了,员工的忠诚度也是需要企业培养的。

如何留住人才、用好人才,如何培养员工的忠诚度,是管理者们永远的课题。

**图书在版编目(CIP)数据**

商解三国/李光斗著. —杭州：浙江大学出版社，2011.1
ISBN 978-7-308-08232-7

Ⅰ. ①商…　Ⅱ. ①李…　Ⅲ. ①《三国演义》研究
Ⅳ. ①I207.413

中国版本图书馆 CIP 数据核字（2010）第 242999 号

**商解三国**

李光斗　著

---

| | |
|---|---|
| 策 划 者 | 蓝狮子财经出版中心 |
| 责任编辑 | 胡志远 |
| 封面设计 | 刘　军 |
| 出版发行 | 浙江大学出版社 |
| | （杭州市天目山路 148 号　邮政编码 310007） |
| | （网址：http://www.zjupress.com） |
| 排　　版 | 杭州大漠照排印刷有限公司 |
| 印　　刷 | 浙江印刷集团有限公司 |
| 开　　本 | 880mm×1230mm　1/32 |
| 印　　张 | 7.25 |
| 字　　数 | 150 千 |
| 版 印 次 | 2011 年 1 月第 1 版　2011 年 1 月第 1 次印刷 |
| 书　　号 | ISBN 978-7-308-08232-7 |
| 定　　价 | 36.00 元 |

---